KB196309

일곱 개 병실이 있는 집

일곱 개 병실이 있는 집

최영희 소설

도화

목차

작가의 말

인간은 이야기를 중심으로 모인다고 한다. 별것 아닌 이야기도 재미있고 실감 나게 말하는 사람을 만나면 시간이 금방 지나간다.

나는 어쩌다 소설을 쓰게 되었을까 곰곰이 생각해 보다가, 유년 시절 기억에 선명하게 남아있는 장면들이 문득 떠올랐다. 아버지 주변에 둘러앉은 오빠들과 나는 무슨 이야기가 나올까 잔뜩 기대하는 얼굴로 기다렸다. 아버지는 집안 어딘가에 숨어 사는 늙은 쥐의 변신 이야기를 재미있게 들려주었다. 늙은 쥐 이야기의 약발이 떨어질 때쯤이면 같은 내용을 조금씩 바꾸고 덧붙여서 색다른 이야기처럼 들려주셨고, 우리는 매번 함박웃음을 지으며 즐거워했다.

여름이면 우리 집 마당 평상에 동네 할머니들이 모여 앉아 만창골 사는 여우가 사람을 어떻게 홀리는지 실감나게 얘기하곤 했다. 그 스릴 넘치는 이야기들을 각기 다른 버전으로 수없이 들었다.

　내가 문자로 접한 최초의 이야기는 심부름하기 싫어 숨어있던 다락방에서였다. 그곳에 쌓아놓은 신문에 연재된 옛날이야기가 너무 흥미진진해 빛이 사라지고 글자가 보이지 않을 때까지 아쉬워서 다락방을 나오지 못했다. 이야기가 없어지고 난 후에도 보물창고 같은 그곳에 종종 틀어박혀 있는 걸 좋아했다.

　그렇게 재미있던 이야기들을 누구에겐가 들려주고 싶어 소설 공부를 시작했을까?

　막상 시작한 소설 쓰기는 쉽지 않았다. 노트북을 켜놓고 멍하니 시간을 보내는 일이 많았다. 첫 문장 시작하는 게 늘 어려웠다. 인상에 깊게 남은 한 장면을 붙들고 있다 보면 생각이 꼬리를 물고 나아가기도 했다. 새해가 되면 늘 올해는 글을 열심히 쓰겠다고 다짐했었다. 열정을 쏟지 못하는 나 자신을 자책할 때가 많았다. 그래도 지나고 보니 내게 주어진 여러 가지 일을 포기하지 않고 조화롭게 잘 이끌어 왔다는 생각이 들어 감사하다.

　책에 실린 일곱 편의 소설에 내가 걸어온 길이 보여 마음이 찡했다. 그 길 위에서 만났던 사람들을 떠올리면 마음이 따뜻해진다. 삶의 현장에서 함께 했던 이들은 고단한 일상을 묵묵히 견디며 성실하게 살아가는 선한 사람들이었다. 그들을 통해서 새로운 걸 경험하고 조금씩 성장할 수 있었다.

글을 쓰면서 나는 겸손함을 배웠다. 좀처럼 넘을 수 없는 문턱을 만나도 좌절하지 않고 나아가다 보면 다른 길이 생긴다는 걸 알게 된 것도 감사하다. 글을 쓰고 싶은 욕심에 주변 사람들의 이야기를 귀 기울여 듣게 되었다. 나는 언제부턴가 남의 이야기를 잘 들어주는 사람이 되어있었다.

「즐거운 부고」를 쓰는 동안에는 고향마을에 가 있는 느낌이었다. 아무것도 필요 없는 순연한 나를 만난 것 같아 그 시간이 소중하게 느껴졌다. 애잔했던 일도 담담하게 말할 수 있는 건 필요했던 시간을 통과했기 때문이리라. 고향을 떠나 멀리 와 있다고 생각했는데 나는 여전히 그곳에 남아있어서 좋았다.

이 책을 준비하면서 여러분의 도움을 받았다. 소설 쓰기는 혼자 하는 게 아니라 여러 사람의 협업이 필요한 작업이라는 걸 다시 한번 실감했다. 엄두가 나지 않아 미적거리고 있었는데 길을 터준 중익언니께 감사하다. 나의 유일한 글쓰기 도반 호연, 느긋한 내게 빨리 함께 가자고 앞장서서 이끌어 준 소중한 친구에게 고마움을 전한다.

말없이 묵묵히 후원해 주는 남편과 의미 있는 작업을 맡아준 큰딸에게도 고맙고 감사한 마음이다. 코로나로 힘든 시기일 때 딸들과 카페에서 글 쓰며 보낸 시간은 정말 행복했다. 오래도록 책 읽고 글 쓰며 주변 사람들과 마음을 나누며 살고 싶다.

바쁜 와중에도 기꺼이 해설을 써주신 황효숙 교수님 진심으로 감사합니다. 추천사를 써주신 태기수 선생님, 도화 출판사에도 감사함을 전합니다.

2024년 가을
최영희

305

이상한 날

08 : 20

병원으로 들어서는데 학생 한 명이 뒤따라 들어온다. 학생이 마스크를 코끝에 걸치고 있어 나는 미간을 찌푸린다. 학생의 눈자위가 붉다. 나는 반사적으로 마스크를 여미며 엄한 눈초리로 학생에게 지시한다.

"학생! 마스크 제대로 써야지. 저기, 체온 재 봐요."

스텐드 체온계로 37.9도다.

"두통 있거나 목 아픈 거 아니에요? 솔직히 말해야 돼."

학생이 약간 겁먹은 표정으로 머뭇거린다.

"머리도 아프고 온몸이 아파요. 목도 따끔거리고요."

순간 머릿속에서 비상 사이렌이 울린다. 뒤로 한 발 물

러나며 스테이션 쪽으로 시선을 돌리자 마침 성샘이 고막
체온계를 들고 온다.

"38.5도예요. 학생, 열나면 진료 못해요. 선별진료소 가
서 코로나 검사부터 해보세요."

병원 출입문을 활짝 열어젖히며 나가라고 손짓한다. 성
샘은 알코올 솜으로 체온계를 닦는다. 학생이 문간에 엉거
주춤 서서 전화를 건다.

"엄마가 전화 바꾸래요."

학생이 뚱한 표정으로 성샘에게 휴대폰을 내민다.

─아니 아픈 애를 그냥 가라면 어쩌라는 거예요?

스피커폰으로 여자의 카랑카랑한 목소리가 내 귀까지
그대로 들린다.

"학생 열이 38.5도예요. 열나면 진료 못합니다. 지침이
그래요, 어머니."

─아니 뭐야. 병원에서 아픈 환자를 보지도 않고 돌려보

내는 게 어딨어요. 우리 애한테 무슨 일 생기면 당신들이 책임질 거야. 열나는데 애가 길에서 쓰러지면 어쩔 거야?

짜증 섞인 날카로운 고음이 옆에 서 있는 내 귀에도 팍 팍 꽂힌다. 성쌤이 한 번 더 설명하는데도 전화기 너머 여자는 자기 말만 쏟아붓는다.

―나 그 병원 단골인데 원장 바꿔요. 아이씨, 바빠 죽겠는데.

"원장님 아직 출근 안 하셨어요. 학생 돌려보냅니다."
성쌤이 학생에게 휴대폰을 건네며 코로나 검사부터 해보라고 다시 한번 일러준다. 학생이 시무룩한 표정으로 집에 가면 아무도 없다고 하자, 성쌤이 난감한 얼굴로 나를 쳐다본다. 그래도 진료는 불가하니 얼른 보내라고 눈짓을 보낸다.
"쌤, 우리 아들 또래 같아서 안쓰럽네요. 그 엄마 말하는 건 재수 없지만 직장 맘들 갑자기 애가 아프면 대책이 없잖아요."

"그렇긴 하겠네. 성샘도 요즘 애들 때문에 힘들지?"

성샘이 근무 중 틈틈이 애들에게 전화해서 점심은 먹었는지, 온라인 수업 제대로 듣고 있는지 확인하는 걸 자주 보았다. 코로나 확진자가 늘어나면서 수업이 비대면으로 바뀌어 학교에 가지 않는 날들이 많았다. 가능하면 외출을 자제하라는 정부 지침이 떨어졌고, 거리에 사람들이 사라지자 가게 문을 닫는 점포가 속출했다. 오늘도 출근길에 '임대'라고 써 붙인 가게를 두 군데나 지나왔다. 이전에 겪어보지 못했던 새로운 세상의 혼란스러움을 실감하는 나날이다.

학생이 돌아가고 난 후 출입문 손잡이를 꼼꼼히 닦고 소독약을 잔뜩 뿌린다. 쓰레기통 날벌레도 죽이는 강력한 소독약이다.

스테이션에서 전화벨이 쉼 없이 울려댄다. 성샘이 잰걸음으로 달려가 전화를 받는다. 주택과 빌라가 밀집한 이 동네는 노령인구가 많다. 동네 입구에 자리 잡은 가정의학과 의원은 노인 환자가 많을 수밖에 없다. 전화 받는 성샘의 목소리가 한 옥타브씩 올라간다. 말귀를 못 알아듣는 모양이다.

4월부터 시작된 코로나 백신접종으로 병원 근무가 더 힘들어졌다. 기존환자들의 검사나 수액 치료는 줄었지만 백신 접종으로 신경 쓸 일이 많아져 하루 하루, 매 시간마다 긴장의 연속이다. 아스트라제네카 백신을 주로 접종했을 때는 그래도 일이 수월했다. 여름으로 접어들면서 백신 종류가 많아지면서 백신접종도 복잡해졌다. 화이자, 모더나, 아스트라제네카, 믹스하는 방법이나 용량도 제각각이라 주사 준비부터 신경이 곤두선다.

"오늘도 백신 예약한 사람이 300명 넘어요. 쌤, 모더나와 화이자가 반반이라 헷갈리겠어요. 게다가 아스트라제네카도 좀 있는데."

"교차 접종 안 되니까 신경 쓰이네. 엊그제 모더나 맞는 사람한테 화이자 놓을 뻔했잖아."

"며칠 전 방송에 화이자 백신을 믹스도 안 하고 그냥 놨대요. 그럼 일곱 명이 맞을 걸 한 사람한테 놨다는 말이잖아요. 맞은 사람 괜찮나 몰라. 방송 보면서 쌤 생각났어요."

성샘이 식염수를 주사기에 재 화이자 백신에 믹스하고 가로로 흔들며 종알종알 이야기한다. 어제는 내과, 소아과 클리닉에서 덩치 큰 초등학생을 성인으로 착각하고 화이자 백신을 접종했다는 뉴스도 보았다. 사람이 하는 일이라 별별 실수가 다 있는 모양이다.

"쌤, 주사기 색깔을 다르게 잴게요. 화이자는 연두색 캡, 모더나는 파랑색."

"좋은 생각이야. 주사기라도 달라야지 헷갈려서."

손이 빠른 성쌤 덕분에 한 시간 걸릴 주사 준비를 40분 만에 끝낸다. 알코올 솜과 스티커도 준비해 둔다. 주사 맞고 가는 사람들이 부작용 없이 모두 무사하기를 빌면서 하루를 시작한다.

09 : 00

조용하던 접수실에 전화벨 소리가 길게 이어진다. 박쌤은 아직 안 온 모양이다. 성쌤이 부리나케 접수실로 간다. 이번에는 접종 날짜를 바꾼다는 전화인데 성쌤의 설명이 길어진다. 전화하는 사람마다 요구 사항도 제각각이다. 날짜변경, 시간 변경, 예약취소 등. 백신을 맞아야 통과되는 일들이 많아지니까 잔여 백신 문의도 많다.

일반환자도 많아 바이탈 기록도 해야 하고 혈당 체크 해

달라는 사람도 밀려 있어 접수실이 어수선하다.

"박샘은 맨날 늦게 오네. 쫄따구가 빠져가지고. 좀 뭐라 그래. 성샘은 너무 물러터졌어."

말 끝나기 무섭게 박샘이 퉁퉁 부은 얼굴로 들어온다. 밤새 술을 퍼마셨나 안색이 어둡다. 늦어서 미안하단 말 한마디가 없다. 오히려 입이 댓 발 나와 얼굴을 찌푸리고 있으니 성샘이 눈치를 본다.

박샘이 혈당체크 해달라고 서 있는 할머니를 힐끗 쳐다본다. 말도 없이 할머니 손가락 끝에 채혈기를 누른다. 할머니가 팔을 움찔하며 아프다고 고함을 빽 지른다.

"바늘로 찌르는데 당연히 아프죠. 처음 하는 것도 아닌데 왜 그러셔."

박샘이 채혈기를 바닥에 툭 던진다. 할머니 손끝이 습자지처럼 얇아서 통증에 더 민감했을 터인데 채혈기 강도가 숫자 7에 가 있다. 어이없어 쳐다보는 할머니의 시선은 아랑곳하지 않는다. 채혈기 강도를 숫자 2에 맞춰놓고 채혈침을 바꾼다.

"어르신, 오늘은 혈당 수치 완전 좋아요."

엄지척하면서 할머니 눈치를 살피자 못마땅해하던 얼

굴을 금세 풀고 좋으냐고 연거푸 물어본다.

"박샘, 살살 좀 하자."

박샘의 등을 툭 건드리며 짐짓 부드럽게 말한다. 쥐어박고 싶지만, 그랬다간 당장 그만 두겠다고 할지도 모른다. 일이 많은 시기에 사람이 바뀌는 건 힘든 일이다. 잡일이 많은 병원 근무가 지겨워서 그만두고 싶다는 박미진을 붙들어 놓긴 했지만 이미 마음이 떠서 저러나 싶기도 하다.

백신 접종할 사람과 외래환자들로 대기실이 꽉 찼다. 다들 마스크를 낀 채 눈만 내놓고 스마트폰을 쳐다본다. 누군가 기침만 해도 레이저 시선이 날아간다. 바이러스 숙주인 사람이 다가오는 게 꺼려지는 요즘이다. 눈에 보이지도 않고 뇌도 없는 0.1마이크로미터 생명체가 만물의 영장 인간의 삶을 상상할 수 없는 모습으로 바꿔 놓았다.

이제 병원 출입이 가능하려면 열 체크는 필수다. 36.5도 전후가 돼야 통과할 수 있다. 호흡기 바이러스가 체내에 들어오면 살기 위해 증식한다. 그 과정에서 발열 염증 물질이 나와 체온이 오른다. 바이러스와 싸우고 있다는 징표다. 37.5도 이상으로 지속되면 감염 용의자로 분류된다.

병원 출입문 옆에 세워진 스텐드 형 체온계는 종일 열일하는 고마운 존재다. 코로나가 시작되면서 들여온 체온계다. 가끔 얼굴이 발갛게 달아올라 열이 있는 사람에게도 "정상입니다" 하고 헛소리를 하는 게 정확도가 의심스러울 때도 있다.

10 : 00

작은 병원이라 업무가 명확하게 구분되어 있지는 않지만 내가 맡은 주 업무는 백신접종이다. 진료실 옆 주사실이 내가 종일 시간을 보내는 공간이다. 물건들이 꽉 들어차 있어 답답할 때도 있지만 독립된 공간이라 이곳에 들어오면 마음이 편안해진다. 작은 창문 너머 다닥다닥 붙어있는 빌라 건물들 사이로 빠끔히 보이는 하늘이 맑고 푸르다. 가을은 점점 깊어 가는데 이놈의 코로나는 변이를 거듭하며 점점 더 기승을 부리고 있다.

트레이에 담긴 주사기 숫자를 한 번 더 확인한다. 얼마 전부터 교직원과 돌봄 종사자들의 백신접종이 시작되었다. 대부분 젊은 사람들이라 동작이 빨라 금방금방 빠지는 이점이 있다.

체격이 우람한 청년이 들어서자 좁은 주사실이 꽉 차게 느껴진다. 덩치에 어울리지 않게 양팔을 붙잡고 무섭다고 설레발을 친다.

"의자에 앉으시고, 팔 걷으세요."

말을 딱딱하게 하자 슬금슬금 눈치를 보며 의자에 앉는다. 상박이 보이게 옷을 걷어 올리자 용 두 마리가 왼팔 전체에 아로새겨져 있다. 건드리면 꿈틀거릴 것처럼 정교하고 다채롭다.

"잠깐만, 잠깐만요. 부탁이 있어요. 용의 눈에 주사바늘 꽂아주시면 안 돼요? 눈알에 탁 놔주시면 좋겠어요."

용 문신에 멈칫했는데 뜬금없는 소리에 그냥 웃음이 나온다. 알코올 솜으로 주사 놓을 부위를 닦으려 하자 청년이 내 팔을 덥석 잡는다.

"안 아프게 놔주세요."

간절하고 절박한 손길. 그 절박함이 내 팔뚝에 아릿한 통증을 남긴다.

"잠깐만요. 사진 좀 찍을게요. 역사적인 순간이라."

청년이 휴대폰을 사진촬영 모드로 켜놓고 다시 어깨를 내민다. 가지가지 한다는 생각이 들어 피식 웃으며 용의 눈알에 바늘을 쿡 찌른다.

"아니, 주사를 금방 놓네요. 약이 들어가긴 한 거예요?"

"그럼요, 바늘이 무섭다고 벌벌 떠는 사람이 문신은 어떻게 했대요?"

"이건 제가 좋아하는 거니까 아파도 참을 수 있지만 어어, 주사는 정말 무서워요."

사진을 보며 실실 웃던 청년이 주사 맞았으니까 이제 코로나 안 걸리느냐고 묻는다. 그래도 조심하라고, 백신이 다 막아주지는 않는다고 말한다. 감사하다고 인사를 꾸벅하고 나가는 청년의 모습이 귀엽다. 문신하는 사람들에 대한 나의 부정적인 시각이 바뀌었다. 문신한 젊은이들을 많이 접하게 되니까 독특한 개성쯤으로 여기게 된 모양이다.

며칠 전, 야리야리한 아가씨가 가늘고 흰 팔에 고양이 두 마리가 꽃밭에서 놀고 있는 문신을 팔 전체에 정교하게 새겨 놓아서 깜짝 놀랐다. 왜 고양이 문신이냐고 물어보았다. 자기가 키우던 고양이가 죽었는데 잊지 않으려고 팔에 새겨 놓은 거라고 했다. 사무치게 그리운 건 마음속에 새겨져 영영 잊히지 않던데 구태여 팔뚝에 저렇게 새기고 싶을까? 사람마다 이별하는 방법이 다 다른 모양이라고 생각했다.

　진료실 앞이 시끌시끌하다. 문을 삐죽이 열고 대기실 동정을 살핀다. 순서가 바뀌었다고 화를 내는 아저씨에게 성샘이 상황을 설명한다. 외래환자와 백신 접종자들을 번갈아 진료실로 안내하는 성샘은 많은 환자를 대하지만 늘 밝은 얼굴이다. 그런데 오늘은 기운이 쭉 빠져 보인다. 진료가 길어지는 것 같아 성샘을 주사실로 불렀다.

　"샘, 다리가 부었어요. 정맥류도 생기고."

　종아리를 문지르며 성샘이 한숨을 쉰다.

　"종일 서 있으니까 다리가 아프지. 박샘하고 한 주씩 교대하라니깐."

　성샘에게 믹스커피 한 잔을 건네며 잠시 쉬라고 주사실 문을 닫는다.

　"박샘이 환자들하고 자꾸 부딪치니까 데스크에 있는 게 나을 거 같아서요."

　"남 배려하다 골병들겠다. 성샘, 왜 이렇게 땀을 흘려 날도 선선한데."

　"요즘 계속 바빠서 그런지 몸이 무겁네요. 이따 점심 먹고 좀 쉬어야겠어요."

진료실에서 환자가 나오는 소리가 들리자 성쌤이 헐레벌떡 밖으로 나간다. 커피는 마시지도 못하고 그대로다.

11 : 00

뚱뚱해서 전체가 둥굴둥글한 아주머니가 코밑에 마스크를 걸치고 주사실로 들어온다.

"마스크 올리시고 이쪽 의자에 앉으세요."

뚫어져라 사람을 쳐다보는 게 혹시 나를 아는 사람인가 싶어 유심히 살핀다.

"지난번 1차 때는 원장님이 주사 놨는데 이번에는 다른 사람이 놓네."

"아닌데요. 원장님은 주사 놓은 적 없으신데."

"뭔 소리야? 이 방에 들어온 적도 없구만."

아주머니가 미간을 잔뜩 찌푸리며 미심쩍은 눈으로 주사실을 휙 둘러본다.

"주사는 여기서만 놓고 있는데요."

아주머니의 강경한 태도에 목소리가 작아진다.

"분명히 원장님한테 맞았다니깐 그러네. 내가 그것도

모를 줄 알고."

아주머니가 내지르는 쇳소리에 짜증이 잔뜩 실려 있다.

"주사는 의사가 놓는 거 아닌가? 아구, 왜 이케 아파."

아주머니가 주사 맞은 부위를 손으로 비비며 잡아먹을 듯 눈을 흘긴다.

"스티커 붙였으니 문지르지 마세요."

나도 모르게 주사를 쥔 손에 힘이 들어갔을까?

"이 병원은 왜 이렇게 불편해. 접수는 2층에서 하고 주사는 1층에서 맞고. 위에 접수하는 아가씨도 얼마나 땍땍거리는지 직원들 교육 좀 시켜야겠어."

여자가 혼잣말하듯 하지만 목소리가 크다. 다 들으라는 얘기다.

"밖에서 20분 정도 기다렸다 가세요."

자리에서 일어나 문진표를 챙긴다. 문을 열고 나가려던 아주머니가 멈칫한다.

"아이구, 대기실에 사람들이 빠글빠글 하구만 어디서 기다리라는 거야? 병원이라고 좁아터져서 원. 이러다 코로나 걸리겠네."

"성샘, 다음 분 들어오시면 돼요."

못 들은 척 다음 대기자를 부른다.

한참을 투덜거리던 아주머니가 흙탕물을 끼얹고 나간다. 소금 대신에 소독약을 잔뜩 뿌린다. 참 이상한 일이다. 지금까지 6,000명 넘게 백신을 맞았는데 저 아주머니처럼 의사한테 맞았다고 착각하는 사람이 한두 명 더 있었다. 그 사람들은 아니라고 하니까 곧바로 수긍했었다. 아주머니는 삽화 기억에 오류가 생긴 모양이다. 버럭버럭 화까지 내는 걸 보면 인지장애가 있는 게 분명하다. 객관적인 생각으로 넘어가야지 이건 스트레스 받을 일도 아니라고 혼잣말을 한다. 손 세정제 거품을 잔뜩 묻혀 벅벅 문지른다. 시원하게 쏟아지는 수돗물에 한참 손을 대고 있자 서늘한 기운이 온몸으로 뻗친다. 가슴이 답답해서 까치발을 들고 창문을 활짝 연다. 종일 뾰족한 바늘을 쥐고 있다 보면 신경이 날카로워진다.

12 : 00

오전 시간이 얼추 마무리되었다. 남은 주사약을 세어보니 화이자 주사약 한 개가 빈다. 아스트라제네카와 모더나는 딱 맞는데…… . 순간 머리가 확 뜨거워지면서 식은땀이 난다. 콩닥거리는 가슴이 진정되지 않아 주사실을 서성거린다. 오만가지 생각이 빠르게 지나간다. '주사 잘못 맞은 사람이 있으면 어쩌지. 부작용이 생기면.' 속이 바짝 타들어 간다. 폐기물 통에 버린 주사기를 세어보려고 바닥에 쏟는다. 때마침 성샘이 들어온다.

"뭐 하시는 거예요?"

"성샘 어떡하지?"

잔뜩 겁먹은 얼굴로 성샘을 쳐다본다.

"참, 아까 쌤 화장실 갔을 때 원장님한테 화이자 주사약 하나 드렸어요. 지인분 직접 놔드린다고 해서. 말한다는 걸 깜빡했어요."

"야, 놀랐잖아. 나는 외래환자한테 주사 잘못 놔서 하나가 모자란 줄 알고."

맥이 풀려 의자에 털썩 주저앉는다. 성샘이 미안하다며 바닥에 흩어진 주사기를 통에 주워 담는다.

거침없이 일했던 젊은 시절의 나는 어디 가고 쫄보가 따로 없다. 요즘 건망증까지 심해져 실수할까 봐 자꾸 신경이 곤두선다. 쉰 살이 넘어 감각이 둔해진 것도 있지만 스스로를 믿지 못하는 것이 가장 큰 불안감의 요인이다.

서류 정리를 하고 있는데 박샘이 수액 처방이 적힌 종이를 내민다.

"곧 점심시간인데 수액 처방을 내면 어쩌자는 거야. 그것도 두 개나. 짜증 나요."

수납하려고 서 있던 순단 할머니가 다 죽어가는 얼굴로 카드를 내밀며 몹시 미안해한다.

"2층으로 오세요."

순단 할머니가 힘겹게 발걸음을 옮기자 성샘이 할머니 팔짱을 끼고 계단을 올라간다. 점심시간이 끝나기 전에 수액을 다 맞으려면 서둘러야 한다. 영양제에 수액 세트를 꽂으며 이 북새통에 수액 처방을 내는 건 뭐냐고 투덜거린다. 원장은 환자들한테 한없이 자상하고 좋은 사람이다. 덕망 높은 의사라고 평판이 자자하다.

에스키모인들에게는 훌륭하다는 말이 없단다. 훌륭한 고래도 없고 훌륭한 북극곰도 없는 것처럼 사람도 마찬가지 아닐까? 어느 각도에서 보느냐에 따라 평가가 달라진다. 사람마다 입장이 다 달라서다.

"어르신, 눈이 충혈됐어요. 열 있나 다시 한번 재볼게요."

순단 할머니의 귀에 체온계를 꽂는다. 37.4도라 애매해서 할머니를 쳐다본다.

"어제 코로나 검사했는데 음성이유. 애기들 보고 있잖여. 저그 새끼들 걱정되나 딸년이 얼른 검사하라고 난리여. 에미 아픈 건 안 보이나벼."

손주들 돌보느라 허리가 아파서 정형외과 약 먹다가 위장이 탈 나서 병원에 종종 오시던 할머니다. 손등에 혈관이 툭툭 불거져 쉽게 주사를 연결한다.

"몇 달 전에는 대상포진도 걸리셨잖아요. 이렇게 몸이 계속 안 좋으면 쉬셔야지요. 애들 보는 게 얼마나 힘든 일인데."

"자식들한테 해준 게 없어서 애들이라도 봐줘야제. 에휴! 코로나 땜시 어린이집이 수시로 문 닫은 께 막내딸까지 애를 맡겼어요. 애들이 여럿이라 챙겨 먹이는 게 큰일이여. 눈 딱 감고 이대로 갔으면 편하것네."

순단 할머니가 눈을 감고 땅이 꺼져라 한숨을 쉰다.

"이러다 큰일 나시겠어요. 따님한테 애 보기 힘들다고 하세요."

"딸이 산내에서 식당 해유. 코로나 때미 손님이 없어서

종업원 다 내보내고 지가 이리 뛰고 저리 뛴다잖여. 먹고
살라고 그라는디 안 봐줄 수도 없고."

순단 할머니에게 주사 맞는 동안 눈 좀 붙이라고 말한
뒤 이불을 덮어주고 수액실을 나온다. 친정이나 시댁 도움
없이는 불가능해 보이는 게 요즘 육아다. 마음대로 아플
수도 없다고 하소연하는 순단 할머니의 말이 가슴을 쿡 찌
른다.

나와 동생도 어머니가 애들을 봐주지 않았으면 일하기
힘들었을 것이다. 어머니도 딸들 뒷바라지에 손자들까지
봐주느라 허리가 휘게 고생만 하셨다. 어머니와 함께 살
때는 아이 키우는 방식이 달라 불만도 많았는데 막상 혼자
모든 걸 떠안게 되자 어머니의 빈자리가 크게 와 닿았다.
어머니는 늘 입버릇처럼 말했다. 요양병원에는 가기 싫다
고 절대 보내지 말라고. 그런데 코로나가 시작된 지난해
어머니는 요양병원에서 허무하게 돌아가셨다. 고관절 골
절로 거동이 불편해 회복될 때까지만 계시라고 했는데 영
영 떠나시고 말았다. 코로나로 면회가 힘들어지자 어머니
는 자식들한테 버림받았다는 생각이 들어 마음의 상처가
컸던 모양이다. 영상 통화할 때마다 눈물바람 하는 어머니

의 마음을 헤아리지 못한 것이 한스럽다. 보행만 가능하면 집에 모시고 오려고 휠체어까지 대여해 놓았는데……. 어머니 물건을 챙기다가 낡은 성경책 앞장에 자식들 세례명과 손자들 이름이 쭉 적혀 있는 걸 보고 펑펑 울었다. 묵주 알이 반들반들해지도록 날마다 기도했을 어머니를 생각하니 가슴이 미어졌다.

12 : 30

점심시간은 하루 중 시간이 가장 빨리 지나간다. 밥을 먹으며 이런저런 이야기도 하고 잠시나마 피로를 푸는 시간이다. 텔레비전에서 코로나 관련 뉴스들이 계속 나온다. 우주복처럼 꽁꽁 싸매고 검사하는 의료진들. 더운 여름을 어떻게 보냈을까 생각만 해도 숨이 막힌다. 검사받기 위해 줄을 선 시민들의 불안한 모습을 보니 이 역병이 언제 끝날까 싶다. 코로나에 걸려서 몸이 아픈 것보다 나의 행적이 낱낱이 파헤쳐지고 주변 사람들에게 감염원으로 질책과 원망을 사게 될까 봐 더 무섭다.

2020년, 코로나가 시작되고 대구에서 확진자가 폭발적으로 늘어나 2,000명이 넘는 의료진들이 대구로 달려갔었다. 보이지 않는 적군 바이러스와의 싸움터에 용감하게 나선 그들의 모습을 보고 가슴이 뭉클했다. 그런데 그들에게 지급하기로 한 최소한의 근무수당을 차일피일 미루며 지급하지 않고 있다는 기사를 보고 씁쓸했다. 영웅이라고 추켜세울 때는 언제고…….

"쌤, 제 친구가 다니는 병원은 백신 시작하고 상여금 많이 챙겨 주던데, 우리는 너무 한 거 아니에요. 일은 배로 늘었는데……."

박샘이 급여 들어온 걸 확인하고 낙담한 표정으로 휴대폰을 툭 던진다.

"어느 병원이 그렇게 많이 준대. 대부분 야박하게 주더만."

"그래도 우리보다는 나아요."

긍정의 아이콘인 성샘까지 섭섭한 모양이다.

"일한 만큼 보상이 따르면 힘들어도 기분 좋게 일할 건데."

"그래서 근무하기 싫다니깐요. 저 잡지 마세요."

틈만 나면 그만둔다는 박샘 말이 이제 듣기가 싫다. 성샘이 관자놀이를 꾹꾹 누른다. 딱따구리가 머리를 쪼는 것처럼 욱신욱신 쑤신다고 한다. 박샘이 성샘에게 물을 건네며 수액실 장판 따뜻하게 켜 놓았으니 얼른 올라가 쉬라고 말한다.

성샘은 입맛이 없다며 밥도 거의 먹지 않고 수액실로 올라간다. 얼굴이 들뜬 것이 많이 안 좋아 보여 걱정스럽다. 2층에서 화장실 들락거리는 순단 할머니의 부산한 움직임이 다 들린다. 성샘은 알량한 점심시간마저 빼앗겨 편하게 쉬지도 못하게 생겼다.

14 : 00

쉴 틈 없이 다시 오후 근무가 시작된다. 성샘이 도와주던 일을 혼자 하려니까 시간이 배나 걸린다. 백신을 재다가 캡을 잘못 끼워 주사바늘에 깊이 찔렸다. 바늘이 혈관을 통과했는지 검푸르게 멍이 들어 건드리기만 해도 아프다. 서두르다 보면 꼭 실수가 따른다. 백신 접종시간이 정해져 있지만 사람들이 몰리는 구간이 있다. 한바탕 왔다간 후 주사약이 반으로 줄었다.

대기실이 시끌시끌하다. 동정을 살피려고 밖으로 나와 보니 또 그 아저씨다. 병원 단골 진상이라 아무도 못 말리는 아저씨다. 얼마 전 장염이 낫지 않아 한동안 먹지 못했다고 수액주사를 맞았다. 아저씨는 주사 맞으면서 교회 신도들에게 몸이 아프니 기도 좀 하라고 여기저기 전화를 돌렸다. 급기야는 목사님이 불려왔다.

목사님은 수액실 한쪽에 누워있는 아저씨 침대 옆에 서서 손을 잡고 기도를 시작했다.

"하나님 아버지! 형제님의 머리에서부터 발끝까지 하나님의 강력한 치유의 광선을 주옵소서. 전능하신 하나님 만호 형제를 질병의 고통으로부터 해방시켜 자유함을 얻게 하소서. 간호하는 손길에 영육의 강건함을 주소서."

아저씨는 목사님 기도 중간중간 눈을 감고 '아멘'을 힘차게 외쳤다. 기운 없다고 다 죽어가던 목소리가 아니었다. 한참 기도를 드리고 난 후 밖으로 나온 목사님이 조심스럽게 물었다. 형제님 어디가 많이 안 좋으신 거냐고. 장염 때문에 며칠 고생한 모양이라고 하자 목사님이 복잡한 표정을 지으며 돌아갔다.

아저씨의 오늘 이슈는 코로나 백신이다. 급하게 만든 코로나 백신을 믿으면 안 된다고 핏대를 세운다. 백신을 만든 나라에서도 맞지 않으려고 하는데 앞다투어 맞겠다고 난리인 우리나라 사람들이 문제라는 것이다. 백신 맞고 피를 토하며 죽은 사람도 있고 하반신 마비가 와서 꼼짝 못하고 누워있는 사람도 있다고 했다. 백신 맞으려고 앉아있는 사람들에게 전자음의 짜깁기 영상을 보라고 들이민다.

"아저씨, 그만 하세요. 본인만 안 맞으면 되잖아요. 여기서 이러면 안 되지요."

성샘이 보다 못해 나선다.

"언론의 자유가 있는데 왜 못하게 해. 내가 내 입으로 말하는데 당신이 뭔 상관이여."

아저씨 주변에 있던 사람들이 슬글슬금 자리를 피한다. 귀가 잘 들리지 않는 할머니만 아저씨 말에 맞장구를 치며 고개를 끄덕인다. 성샘이 서둘러 아저씨를 진료실로 들여보낸다.

아저씨는 백신 관련 이야기를 진료실까지 끌고 들어가 음모론을 설파한다. 원장의 반응이 궁금해 귀를 기울인다. 잠자코 듣고 있던 원장이 아저씨의 말을 끊고 백신에 관해 조곤조곤 말하는 소리가 들린다.

"파르마콘이라는 말이 있습니다. 고대 그리스에서는 약

이라는 단어와 독이라는 단어가 같은 의미로 쓰였어요. 파르마콘은 독이면서 해독제이고, 병인 동시에 치료제라는 다양한 의미가 포함되어 있지요. 해로우면서도 유익한 것, 지금 코로나 백신이 그렇습니다. 물론 바이러스처럼 백약이 무효하고 변종이 다양한 개체는 면역력을 통해 이겨내야 하지만 면역력이 약한 사람들은 코로나에 걸리면 치명적일 수 있으니까 백신을 꼭 맞아야 해요."

아저씨는 원장이 말하는 중에도 끼어들기 바빴지만 원장의 단호한 목소리에 조심하는 눈치다. 물론 아저씨는 그 말을 귓등으로도 안 듣겠지만.

지금까지 경험해 보지 못한 세상을 살고 있다. 날마다 확진자 수와 사망자 수를 확인하는 이상한 날들이 이어지고 있다. 나도 언제 그 숫자에 포함될지 모른다는 불안감이 삶의 현장 곳곳에 깔려있다. 삶과 죽음 사이에 놓인 우리의 하루하루는 약과 독 사이에서 아슬아슬한 줄타기를 하며 떠밀려 가고 있다.

잠시 짬이 날 때 서류 정리를 해야 제시간에 퇴근할 수 있다. 정리할 서류를 들고 접수실로 간다.

"백신 왔습니다."

군복을 입은 두 사람이 커다란 아이스박스를 들고 병원 입구 출입문을 활짝 연다. 의자에 앉아있던 성샘이 화들짝 놀라 백신 전용 냉장고 쪽으로 시선을 돌린다. 불안한 눈빛으로 냉장고 온도를 확인한다. 다행히 숫자는 적정온도로 표시되어 있다. 백신 수량을 확인하고 사인을 받은 군인들이 돌아가자 긴장이 풀린다.

성샘에게 '백신접종 현황 일일보고서'를 내밀자 인상을 찌푸린다.

"성샘, 요즘 힘들지?"

"네, 할 게 너무 많아요. 좀 전에 냉장고 온도 때문에 쫄았어요. 오기 전에 미리 체크하는데 오늘은 정신없어서. 백신 관리하면서 냉장고 속 온도가 수시로 바뀌는 거 처음 알았어요."

"일도 많은 사람한테 서류 정리까지 맡겨서 미안."

"일이 많으면 월급을 더 주던지."

따로국밥으로 노는 박미진이 시선을 컴퓨터 화면에 둔 채 우리 말에 끼어든다. 또 쇼핑하는지 화면 가득 떠 있는 백을 클릭하느라 손이 바쁘다.

"박샘, 가방 사려고? 이번 주 내내 보더만 아직도 못 샀어?"

박샘이 참견하지 말라는 듯 샐쭉해서 입을 삐죽거린다.

"성샘, 덥지도 않은데 왜 그렇게 땀을 흘려?"

성샘을 보다 놀라서 묻는다.

"피곤한지 얼굴이 화끈거리네요."

컴퓨터에 코를 박고 있던 박샘이 벌떡 일어나 체온계를 들고 온다.

"샘, 열 좀 재볼게요. 창문을 열었다 닫았다 하는 게 심상치 않아요."

박샘이 다짜고짜 성샘 귀에 체온계를 꽂는다. 38.5도다. 접수실에 빨간불이 켜진다.

"쌤, 몸이 안 좋으면 말을 해야죠. 원장님한테 이야기하고 얼른 검사받으러 가세요."

박샘이 볼멘소리로 성샘을 나무라며 진료실로 밀어 넣는다.

진료실에서 나온 성샘이 어리벙벙한 표정으로 처방전 종이를 흔들어 보인다.

"원장님이 감기일 거라고 일단 약 먹어보고 퇴근 후에 가라는데요."

성샘 말이 끝나기도 전에 박샘이 원장실로 후다닥 쳐들어간다.

카랑카랑한 박샘의 목소리가 문짝 너머로 또렷이 들린다. 조목조목 따지고 드는 박샘 앞에 우물쭈물하는 원장의 모습이 그대로 그려진다.

성샘이 미안해서 못 가고 미적거리고 있는 걸 눈치챈 박샘이 얼른 등을 밀어 퇴근시키고 접수실과 대기실 문을 활짝 열어젖힌다. 소독약을 뿌리고 알코올 솜으로 성샘의 손길이 닿은 것들을 모두 닦은 후에야 자리에 앉는다. 네 시와 다섯 시 사이에 백신 예약한 사람이 아직 많이 남아있다. 접수실과 주사실을 오가며 두 곳 다 봐야만 할 상황이다. 성샘만 믿고 설렁설렁 일하던 박샘이 마음을 다잡은 모양이다. 접수, 혈당 체크, 바이탈 사인 기록에 환자들의 요구 사항까지 정신이 없는데, 박샘 손이 저렇게 빨랐나 싶게 일을 척척 잘한다. 접종자들이 몰려오기 전에 알코올 솜 통을 가득 채우고 스티커도 미리 떼어놓는다. 성샘은 코로나 검사를 받았을까? 눈꺼풀의 미세한 떨림이 요즘 부쩍 잦아졌다. 내 의지로 제어할 수 없는 이 떨림은 불안감의 파장으로 다가온다. 손바닥을 비벼 따뜻한 온기로 눈을 덮는다. 곤두선 신경이 누그러지는 느낌이다.

16 : 00

외래환자 진료 시간이 길어지자 접종자들이 주사만 맞고 가면 되는데 대기시간이 너무 길다고 불만을 토로한다. 성샘의 빈자리가 금방 표가 난다. 젊은 사람들은 동작이 빨라 주사 맞을 부위를 알아서 올려주고 맞고 난 뒤에도 별다른 질문 없이 금방 빠져주니까 좋다.

깡마른 할아버지가 지팡이를 짚고 주사실로 들어선다. 문진표를 보니 1919년생이다.

'헉, 100살이 넘었다. 3·1운동 일어났던 해를 차트에서 보다니 혹시 잘못 본 건 아닌지 다시 확인한다. 할아버지에게 앉으라고 권하자 주사실을 두리번거린다. 100년 넘게 사셨는데도, 걸음이 조금 느린 거 빼고는 꼿꼿하다. 코로나 백신 일차로 맞아야 할 대상인데 아직까지 맞지 않은 이유가 궁금했다.

"어르신, 주사를 왜 이제 맞으시는 거예요?"

"안 맞고 싶은데 아들이 하도 난리쳐서."

"맞으셔야죠. 잘 오셨어요."

"전쟁도 겪어보고 별별 세상을 다 살아 봤어. 그런데 코로난지 뭔지 보이지도 않는 거 가지고 이 호들갑을 떨고 있으니 시상 참 요상허네."

할아버지에게 보이지도 않는 바이러스가 마지막 걸림돌이 될 수도 있겠다. 할아버지가 느린 동작으로 점퍼를 벗고 셔츠를 걷어 올리는 동안 잠자코 기다린다. 10월인데 벌써 내복까지 입었다. 할아버지 몸은 바짝 마른 겨울나무처럼 앙상하다. 양 볼에 검은 점이 수박씨처럼 박혀있다. 주사를 놓으려고 하는데 할아버지가 내 팔을 붙든다.

"뭐 하나 물어봅시다."

"할아버지 주사부터 놓고요."

주사를 놔 드리고 뭐가 궁금한지 물어보자 할아버지가 근심이 가득한 얼굴로 이야기한다.

"내가 요즘 기억력이 없어지나 자꾸 잊어버리는 거 같아서 말이요. 기억력 되살리는 약 없소? 머리 좋게 하는 약 그런 거 있다던데."

"아, 네에. 할아버지 자제분들한테 사달라고 하시지요."

"애들이 그런 거 안 사줘. 모르요. 그런 약?"

잘 모르겠다고 말해도 할아버지는 한참 동안 내 팔을 붙잡고 기억을 되살리는 약, 머리 좋아지는 약을 먹어야겠다고 하소연이다. 박샘이 주사 맞을 사람들이 밀려 있다고 눈치껏 상황을 정리해 준다. 할아버지가 숙제를 해결하지 못한 듯 미적거리며 주사실을 나간다.

저 어르신은 삶이 평탄했던 모양이다. 살아온 세월이 힘들고 고달팠으면 잊고 싶은 게 많을 텐데, 기억을 잃어버릴까 봐 저리도 전전긍긍하시다니.

17 : 30

태양이 도심을 벗어난 모양이다. 땅거미가 밀려오기 직전 모든 사물이 짙어 보이는 이 시각이 좋다. 유난히 긴 하루가 그래도 마무리를 향해 달려가고 있다. 성샘은 집으로 간 걸까? 저녁 늦게 결과가 나오면 내일은 어떻게 하나. 이래저래 걱정이다. 백신 예약하고 오지 않은 사람이 다섯 명이다.

원장님과 한참 상담하고 나온 아주머니가 주사실로 들어온다. 아주머니는 아스트라제네카 1차 맞고 후유증이 심해서 힘들었는데 2차 맞기 겁이 난다고 망설이는 눈치다. 원장님은 그래도 맞는 게 좋지 않겠냐고 권했다. 주사기를 들고 있는 내게 맞아도 될지 또 묻는다. 아주머니가 판단해서 선택할 일이라고 말해준다. 주사를 맞고 대기실에서 30분 정도 머물다 가라고 일러준다.

오늘 접종은 모두 끝났다. 어깨에 짐을 올려놓은 듯 뻐근하고 무겁다. 주먹으로 어깨를 쳐 보지만 뭉친 근육이 단단해 아프기만 하다. 불안해하던 아주머니가 걱정되어 대기실로 나와 보니 아주머니의 안색이 점점 어두워진다. 겁먹은 얼굴로 가슴이 답답하다며 숨을 몰아쉰다.

"이경숙 님, 힘드시면 의자에 누워보실래요?"

박샘이 어느새 혈압기를 들고와 혈압을 잰다. 수축기 혈압이 80으로 떨어졌다. 의자에 비스듬히 기대있던 아주머니가 숨을 못 쉬겠다고 가슴을 치며 소리를 지른다. 겁에 질린 눈으로 계속 소리를 지르자 박샘이 원장님을 불러온다.

"이경숙 님 괜찮아요. 천천히 숨 들이마시고 내쉬어 보세요."

원장이 아주머니와 눈을 마주치며 겁먹지 말고 숨을 쉬어 보라고 거듭 말한다. 갑자기 아주머니의 입술이 파래지더니 얼굴이 청동빛으로 변한다.

"숨을, 숨을 못 쉬겠어. 후우, 후우."

숨이 목에 걸린 듯 헉헉거린다. 아주머니가 가슴을 쥐어뜯으며 몸부림친다. 원장의 다급한 처방에 박샘이 에피네프린 주사를 놓고 수액을 연결한다. 숨쉬기가 좀 편해지자 아주머니의 안색이 조금씩 돌아온다. 그 사이 박샘이 재빠르게 119를 불렀다. 구급대원들이 환자의 상태를 파악하고 이송할 준비를 한다. 박샘이 겁에 질린 아주머니의 손을 잡아주며 구급차까지 배웅한다. 구급차의 번쩍거리는 불빛과 위웅, 위웅 사이렌 소리에 가슴이 쿵쾅거린다. 나는 기운이 쭉 빠져 의자에 털썩 주저앉았다. 늘 불안해하던 일이 터지고 말았다.

"쌤, 정리 제가 할 테니까 좀 쉬세요."

"박샘, 참 이상한 날이지. 하루가 엄청 길다."

박샘이 모처럼 싱긋이 웃더니 아무 일도 없었다는 듯 쓰레기통을 비우고 문단속을 한다. 퇴근 시간이 훌쩍 지났다.

성샘한테 온 문자를 박샘과 동시에 확인한다. 코로나 positive(양성) 확진자.

박샘이 그럴 줄 알았다는 듯 주변 지인들에게 전화를 돌린다. 내일 근무할 사람을 구해야만 한다. 무시무시한 하루가 지나가고 있다. 내일 아침을 맞을 수 있을지 모르겠다.

305

연소증후군

새벽에 눈을 떴다. 몸이 물 먹은 솜처럼 무거웠다. 지난 밤 탈주범이 자수했다는 소식을 듣고 늦게야 잠이 들었다. 시계 초침이 몇 바퀴를 돌고 난 다음에야 출근을 서둘렀다. 겨울은 데이근무가 힘든 계절이다.

집을 나섰다. 1층 출입문 앞에 서자 자동개폐기의 문이 열리면서 안싸한 새벽공기기 온몸으로 다가들었다. 늦은 시각까지 드문드문 불이 켜져 있던 아파트 단지가 미명 속에 고요했다. 출입문 밖으로 나왔다. 담배 연기를 피워 올리며 한 남자가 등을 보인 채 문 옆에 있었다. 보조등 불빛 속 남자의 검은 등짝이 꽤나 우람해 보였다. 남자를 지나쳐 서둘러 주차장으로 향했다. 남자의 시선이 등 뒤에 꽂혀있는 것 같아 걸음이 저절로 빨라졌다.

어둠이 그늘처럼 뒤덮인 주차장에 섰다. 늘 세우던 곳에 내 차가 보이지 않았다. 잠시 기억을 더듬어 보았다. 차를 어디에 세웠는지 좀처럼 기억이 나지 않았다. 남자가 서 있는 쪽을 흘끗 쳐다보았다. 남자도 이쪽을 쳐다보고 있는 것 같았다. 침묵에 휩싸인 아파트 단지를 스캔하듯 빠르게 훑어 내렸다. 남자 외에 다른 사람의 모습은 보이지 않았다. 남자가 나의 동선을 계속 쫓고 있는 것 같아 등골이 오싹했다. 늘 세우던 곳에 자리가 없어 앞 동에 주차했던 생각이 뒤늦게 났다. 쫓기는 사람처럼 뒤를 돌아보며 차가 있는 곳까지 한달음에 달려갔다. 허둥대느라 차 안에 냉기가 가득한지도 몰랐다. 공기 순환 히터를 켜고 온열 시트의 버튼을 눌렀다. 안도의 한숨을 내쉬었다. 아파트 단지를 빠져나오는 동안에도 남자는 그 자리에 서 있었다.

계기판 주유 경고등에 빨간불이 켜졌다. 엊그제부터 기름을 넣으려고 했는데 시간이 없었다. 새벽이라 거리가 한산했다. 신호등을 무시하고 달리는 앞차를 따라 무심히 사거리를 건너다 제복 입은 사람을 보고 깜짝 놀랐다. 환경미화원이었다. 창문을 내리자 싸늘한 공기가 차 안으로 훅 밀려들었다. 가닥 없는 생각들이 머릿속에 가득 차 정신이 멍멍했다. 잡다한 생각을 떨치려고 라디오를 켰다. 6시 뉴스 시간이다. 밤새 일어난 사건 사고들이 흘러나왔다.

"치료감호소에 수감 중이던 김모 씨가 어제저녁 열한 시 경찰에 자수했습니다. 특수 강간죄로 징역 15년과 치료 감호를 선고받은 김모 씨는 도주 중에도 제과점 주인을 성폭행하려다가……."

라디오 볼륨을 높였다. 탈주범 때문에 지난 이틀 병원이 발칵 뒤집혔다. 어제 낮 근무를 마치고 저녁 열 시까지 시청 앞에 잠복해 있었다. 병원 직원들에게 몇 명씩 조를 짜서 탈주범이 나타날 만한 곳에 지키고 있으라는 위의 지시가 있었다. 직원들이 형사도 아니고 이게 무슨 짓인지 모르겠다면서도 상황이 긴박했던지라 모두 더는 말이 없었다. 잠복해 있던 직원들은 불안한 얼굴노 이야기를 나누다가 집으로 돌아왔다.

김이 자수한 건 어쨌거나 다행이다. 탈주범 김은 특수 강간죄로 치료감호소에 수감된 환자였다. 그런데 며칠 전 이명 증세를 호소해 가까운 대학 병원에서 치료를 받던 중 도주했다. 병실 보호사 두 명이 보초를 서고 있었는데 화장실에 가고 싶다며 발목에 채워진 수갑을 풀어 달라고 했다. 화장실에서 수액 바늘을 뽑은 다음 직원 두 명을 따돌리고 바로 계단으로 도주했다. 김은 탈주 직후 아파트 의료 수거함에서 꺼낸 평상복으로 갈아입었다. 그는 빵집 여주인을 성폭행하려다가 아주머니의 설득으로 자수하는 쪽으로 마음을 바꾸었다. 그렇지 않아도 입소한 김을 면담하면서 불안한 눈빛이 내내 마음에 걸렸다.

김은 부유한 가정의 외동아들인데, 아버지는 유명한 언론인이라고 했다. 그런 김이 약물에 손을 대고 성폭행까지 하게 된 건 외로움 때문이었다. 유년 시절 어머니가 돌아가시자 아버지가 재혼과 이혼을 거듭하는 동안 김은 점점 말수를 잃어갔다. 새어머니와의 사이도 좋지 않았다. 아버지는 새어머니의 말만 듣고 아들을 문제아 취급하며 수치스러워했다. 김은 마음 붙일 곳이 없어 방황했고, 뼛속까지 외로움을 느꼈다. 외로움 속에서 증오심이 싹텄다. 새어머니와 비슷한 여자만 봐도 눈이 뒤집혔다. 그리고 망가뜨리고 싶은 충동을 느꼈다.

얘기를 듣고 있는 동안 환경이 그렇다고 다 그렇게 사는 건 아니라는 말이 목까지 차올랐다. 나의 마음속을 헤아리기라도 한 듯 김이 고개를 떨궜다. 면담은 객관적인 태도로 하는 게 맞는데 때로는 감정이 앞설 때가 있다.

김을 데리고 있던 보호사 두 명은 중징계를 면하기 어려울 것 같다. 환자가 사수했으니 감봉 정도로 넘어갔으면 좋으련만. 넉넉지 않은 형편에 어머니 병원비까지 책임지고 있는 보호사 근석 씨는 감봉도 감당하기 어려운 처벌이다. 며칠 전부터 체한 것처럼 가슴이 답답하다. 명치끝을 손으로 꾹꾹 눌렀다. 먹은 것도 없는데 어디가 꽉 막힌 느낌이다.

산모퉁이를 돌자 주유소가 보였다. 경고등이 들어오기 전에 기름을 넣어야지 하면서도 미루다가 바닥이 보여야 넣게 된다. 생각이 행동으로 연결되지 않는 것이 문제다. 정신을 어디에 팔고 있는지 구멍이 숭숭 뚫린 일상이 습관처럼 흘러가고 있다.

산 밑 주유소는 어둠을 등지고 있다. 귀곡산장처럼 으스스한 분위기다. 셀프주유소지만 낮에는 아저씨들이 사무실을 지켰다. 나는 주변을 두리번거리다 차에서 내렸다. 카드 결제하고 주유구에 호스를 꽂았다. 언젠가 뉴스에서 보았던 화면이 문득 떠올랐다. 어떤 여자가 셀프주유소에서 기름을 넣다가 정전기로 인해 화재가 발생해 3도 화상을 입었다는 내용이었다. 나는 정전기가 잘 일어났다. 목에 감고 있던 머플러를 풀어 얼른 손에 쥐었다. 내 몸에 불이 붙어 활활 타는 장면이 상상되어 등골이 오싹했다. 아침부터 방정맞은 생각만 줄곧 하는 걸 보면 스트레스가 극에 달한 모양이다. 식은땀이 났는지 등이 선득했다. 굵직굵직한 사고를 치고 오는 환자들의 다양한 히스토리를 듣다 보면 세상이 온통 지뢰밭처럼 느껴졌다. 그렇게 색안경이 끼워지자 부정적인 창으로 세상을 바라보는 나쁜 버릇이 생겼다.

한적한 시골길의 겨울 풍경은 적막하다. 앙상한 가지가 그대로 드러난 겨울나무의 호위를 받으며 숲길로 한참을 들어가자 병원이 보였다. 무심코 다니던 길도 때로는 낯설게 느껴질 때가 있다. 우중충한 회색 건물에 발을 들여놓기가 싫다. 반사회적 인격자, 정신질환자, 약물중독 등 사회적으로 물의를 일으킨 사람들을 정신감정 후 수감하는 곳이라 폐쇄병동이 있는 병원이다.

아주 먼 길을 돌아온 것 같아 주차장에서 잠시 숨 고르기를 했다. 나는 룸미러를 보면서 '와이키키, 치즈' 하고 웃는 표정을 지어보았다. 기분 좋게 하루를 시작하고 싶었다. 병원 입구 계단을 오르면서도 와이키키, 치즈를 중얼거렸다. 억지웃음도 웃음을 유발하는 효과가 있다지 않은가. 요즘 짜증 나는 일뿐이어서 미간에 주름이 자리를 잡았다. 병실로 들어서자 야간 당직한 보호사가 스테이션 책상을 정리하고 있다.

"샘, 오늘 뭐 기분 좋은 일 있으세요?"

"아니, 아침이잖아요. 새로운 날. 탈주범도 잡히고."

"네에, 그 자식 때문에 직원들 개고생했잖아요. 며칠 갈 줄 알고 욕 무진장했는데 정말 다행이죠."

수간호사는 아직 출근 전이다. 지난번 수간호사와 얼굴을 붉힌 이후로 같이 근무하는 것이 영 껄끄럽다. 간질을 앓고 있는 환자 한 명이 병실에서 발작을 일으킨 일 때문이었다. 그날 환자는 사지가 뒤틀리면서 입에 거품을 물고 쓰러졌다. 병실 사람들이 웅성거리며 환자 주변에 몰려 있었다. 환자의 발작이 거의 끝나가고 있었다. 기도가 막히지 않게 편안한 자세로 환자를 눕히고 발작이 멈추기를 기다렸다. 발작이 멈추자 축 늘어진 환자를 침대로 옮기고 병실을 나왔다. 그리고 주치의한테 상황을 보고한 뒤 특별히 해줄 처치는 없어서 그냥 넘어갔다. 환자들이 그 상황을 자기들의 시각으로 각색해서 수간호사한테 전달한 것이다. 환자가 숨이 넘어가고 있는데 간호사는 여유만만하게 와서 쳐다보기만 하다가 아무것도 안 하고 갔다는 식으로.

"박 선생, 안 봐도 뻔해요. 느긋해서 세상 바쁜 게 없잖아요. 게다가 말투까지 뚝뚝하고 불친절하다고 환자들 불만이 많두만. 권위적인 거 좋은 거 아니에요."

그날의 상황을 설명하려는데 수간호사가 내 말을 뚝뚝 분질러가며 본인의 말만 속사포처럼 쏟아냈다.

"어이가 없네요. 정말."

기가 막혀 한마디 했다. 수간호사가 자기 말을 무시한다고 언성을 높였다. 이야기의 본질은 없어지고 수간호사 대접을 이렇게 하느냐고 눈을 부라렸다. 큰소리가 나자 보호사와 당번인 환자들이 스테이션 앞으로 우르르 몰려들었다. 얼굴이 화끈거려 스테이션을 나왔다. 나보다 세 살 어린 수간호사는 근무 경력이 많아 일찍 진급했다. 신입도 아니고 걸핏하면 인신공격하는 통에 화병이 날 지경이다. 수간호사한테 대들었다고 병원 내 소문이 자자했다. 그 일로 간호과장한테 불려가서 잘 좀 하라는 질책을 들어야 했다.

얼마 전 진급 심사가 있었다. 연차로 보나 시기로 보나 당연히 진급 대상자에 들어 있을 줄 알았다. 그런데 내 명단은 아예 올라가지도 않은 상태였다. 수간호사가 근무평점을 엉망으로 주었을 게 분명했다. 그러니 대상자에서 빠질 수밖에. 수간호사 얼굴만 보면 나도 모르게 얼굴이 굳어졌다. 과거에 머물러있는 현재는 퇴보하고 있다는 걸 알면서도 마음은 어느 한 지점에서 맴돌았다. 히터가 들어오는 시각인지 실내가 후끈하다. 곧 수간호사가 올 시간이다. 와이키키, 치즈 하고 중얼거려 보았다.

오늘은 교육이 있는 날이다. 출근하기 싫었던 이유가 교육도 한몫한다는 걸 몸이 먼저 알아차렸다. 환자들은 이론교육이 너무 피상적이라고 교육 시간에 하품하거나 딴지를 걸었다. 그래서 이론과 나눔, 사례를 적절하게 섞어서 교육 내용을 바꾸어 보았다. 때로는 약물을 했던 무용담으로 흘러갈 때가 있어 힘들기는 마찬가지였다. 병동 골수 환자는 약물 병동 간호사라면 적어도 필로폰 주사 한 번 정도는 맞아보고 세상이 어떻게 달라지는지 경험해 본 다음 교육하는 게 맞는 거 아니냐고 너스레를 떨었다. 어떤 환자는 나도 모르는 이론이나 병리 현상에 대해 질문을 해 대며 곤란에 빠트리기도 했다. 시간만 때우면 될 줄 알았던 환자교육이 점점 부담으로 다가왔다.

병실 입구에 큰 박스 두 개가 놓여있다. 결국 받아낸 모양이다. 환자들은 과자를 달고 살았다. 군대에서 주 간식이 초코파이라면 여기서는 '뿌셔뿌셔'가 인기 상품이다. 병원 매점에 과자 종류가 한정되어 있어서 선택의 여지가 없는 듯했다. 라면처럼 생긴 그 과자를 먹던 환자가 이가 깨졌다고 회사를 상대로 고소장을 냈다. 제과 회사에서 과자에는 문제가 없다고 통보했는데 계속 고소장을 보내자 과자 두 박스를 보내왔다. 법대를 나왔다는 환자가 고소장을 써 주었다. 며칠 동안 병실에서는 그 일로 활기가 넘쳤다. 환자들은 건수만 있으면 물고 늘어져 지루한 병실 생활을 견디는 방편으로 삼았다.

인권위원회가 생기고 환자들만 살판났다. 걸핏하면 고소장을 써내는 환자들 때문에 머리가 지끈거리는 사람이 한둘이 아니다. 고소장의 내용도 다양했다. 의사가 달라는 약을 안 준다고 불만이거나 간호사가 친절하지 않다고 항의하는 건 기본이다. 두부가 담긴 용기에는 용량이 500그램으로 적혀있는데 실제로는 300그램밖에 안 준다고 진정서를 내기도 했다. 인권위원회에 접수되면 일단 현장 조사를 나와야 하니까 그쪽 사람들도 별일 아닌 걸로 성가시기는 마찬가지라고 했다. 필로폰 중독 상태에서 만삭의 임산부를 성폭행하고 붙잡혀 온 P는 말끝마다 인권이 제대로 지켜지지 않는다고 불만을 토로하고 다녔다. 만삭의 임산부는 다 키운 아기를 놓쳐버리고 정신이 온전치 못한 상태라고 했다. P는 옆자리 환자와 시비가 붙어 상대방 귀를 물어뜯고도 태연했다. 썩어가는 앞니를 드러내고 씨익 웃으면 주변 환자들도 고개를 돌렸다. P가 독방에 갇혀있어서 한동안 병실이 조용했다.

정기적인 처방을 내는 날이라 모처럼 병동의 꽃띠 정 간호사도 같이 근무하게 되었다. 종달새처럼 목소리가 경쾌한 정 간호사는 별일 아닌 일도 실감 나게 이야기하는 재주가 있다. 수간호사한테 자기주장 다하고도 하는 짓이 예쁘다고 칭찬받는 걸 보면 비결이 뭘까 궁금하다. 손이 빠른 정 간호사가 투약 준비를 금방 끝내고 내가 하던 일까지 거들어 주었다. 정 간호사와 혈압계를 들고 병실로 들어갔다.

"혈압 잴 거니까 줄을 서시오."

장난기 어린 정 간호사의 말이 떨어지기 무섭게 환자들이 우르르 몰려들었다. 내 책상 앞에는 한 씨와 나이 든 환자 몇 명만 서 있었다.

"뒤에 있는 사람들은 박샘 줄로 가세요."

정 간호사가 자신의 줄 끝에 서 있는 사람들을 향해 목소리를 높였다. 환자들은 샐쭉해진 정 간호사의 표정에도 아랑곳하지 않고 그대로 있었다.

"젊은 사람이 좋은 모양이다. 정쌤."

나는 피식 웃으며 말했다. 맨 앞에 서 있던 한씨가 고개를 숙이며 팔을 내밀었다. 단단한 팔에 커프를 감고 버튼을 눌렀다. 맥박을 재는 동안에도 한씨는 눈을 내리깔고 어색해서 어쩔 줄 몰라 했다. 한 씨는 강한 경상도 억양에 표정 변화가 없는 과묵한 환자였다. 늘 스포츠머리를 하고 있어서 별명이 까치머리 형님이었다. 커다란 덩치에 어울리지 않게 세심한 구석이 있어 환자들이 잘 따랐다. 그는 내가 환자들 주사를 놔 주고 어쩌다 병실에 빠트리고 온 토니켓을 챙겨다 주기도 했다. 언젠가는 투약 시간에 한 환자가 평소 자신이 먹던 약이 아니라며 패악을 부린 적이 있었다. 약 모양만 바뀌고 똑같은 약이라고 아무리 설명해도 약이 달라졌다고 고래고래 소리를 지르며 난동을 부렸다. 그때 잠자코 듣고 있던 한씨가 매서운 눈초리로 그 환자를 노려보았다. 그리고 "고마해라" 힘주어 한 마디 던지자 미친놈처럼 날뛰던 환자가 입을 딱 다물었다. 한씨는 부산에서 알아주는 전설의 두목이라고 했다. 그 세계에 몸담았던 사람들은 그의 눈치를 보는 듯했다.

몇 명 안 되는 환자들의 바이탈 사인을 체크하고 병실을 나왔다. 정 간호사 앞으로 길게 줄을 선 환자들을 보면서도 별 감정이 느껴지지 않았다. 한두 번 있는 일도 아니라 이제는 그러려니 했다. 처음에는 썰렁한 감정을 감출 수가 없었다. 한동안은 환자들이 꼴도 보기 싫을 만큼 밉기도 했다. 그러나 금방 현실 직시기 되었다. 포기가 빠른 성격이라 좋은 것도 있었다. 나도 저런 시절이 있었을까? 때로 정 간호사의 생동감 있는 젊음이 부럽기도 하지만 다시 그 시절로 돌아가고 싶지는 않다.

병실 창가에 놓아둔 바이올렛 화분이 바짝 말랐다. 잎이 시들시들한 게 풀이 죽었다. 작은 화분에 물 한 컵이 고스란히 스며들었다. 몇 개 안 되는 병실 화분을 도맡아 관리하던 진수가 떠난 빈자리가 크게 느껴졌다. 진수가 있는 동안 바이올렛 꽃이 내내 피고지고 했는데……. 진수는 병실에서 마음 붙일 곳을 찾지 못하고 나이 든 환자들한테 치여 늘 시무룩하게 지냈다. 어느 날 원예치료 수업받고 난 후 바이올렛 화분을 선물 받았다고 좋아했다. 꽃을 가꾸는 일에 재미를 붙였는지 틈만 나면 화분을 쳐다보고 정성을 들였다. 연보라색 꽃을 들여다보느라 창가에 서 있는 시간도 많았다. 창밖을 내다보고 있는 진수의 공허한 눈빛을 보고 있으면 가슴이 아릿해서 등을 토닥여 주곤 했다. 진수는 내가 받은 환자였다. 어린 나이에 병원을 들락거리는 것이 안타까워 잔소리를 많이 했다.

진수는 일곱 살 때 부모가 이혼하면서 할머니가 키웠다. 부모님과 헤어지고 그 길로 집을 나와 며칠을 굶고 돌아다녔다. 거지꼴로 다니는 아이를 누군가 경찰서에 데려다주었다. 거기서 밥을 얻어먹고 의자에서 잠이 들었다고 했다. 자다가 다리가 아파 눈을 떠보니 경찰관이 진수의 정강이를 담뱃불로 지졌다는 것이다. 하얀 얼굴에 금테 안경을 끼고 인상이 좋았던 경찰 아저씨가 씨익 웃으며 쳐다보는데 겁에 질려 말이 나오지 않았다고. 그때 일을 생각하면 지금도 몸서리가 쳐진다고 했다.

진수는 본드를 마신 상태에서 사고를 치고 약물 병동에 수감되었다. 병원 생활 착실히 잘하다 퇴원하면 얼마 안 가 또 들어오곤 했다. 그는 철물점 문 닫을 시간이 되면 빨리 가서 본드를 사고 싶어 가슴이 두근거린다고 했다. 연인을 만나러 가는 것보다 더 설렌다니 할 말이 없었다.

지난번 진수가 입원했을 때는 병원 생활이 예전과 달랐다. 검정고시를 보겠다며 열심히 공부하는 것이 기특해서 참고서와 필기구를 사다 주었다. 수감된 환자들의 특성상 필요한 물건이 있을 때는 간호사들한테 도움을 요청했다. 나는 환자들의 소소한 부탁을 일절 들어주지 않았다. 부탁했다 거절당했던 경험이 있는 환자들은 진수만 챙긴다고 불만이 많았다. 진수는 고졸 검정고시를 통과하고 나의 응원에 힘을 실어주었다. 퇴원하면 간호조무사 자격증을 따려고 했다. 요양병원이 많아 일자리 찾기가 쉬울 것 같아서였다. 병원을 나서는 진수의 뒷모습이 단단해 보여서 마음이 놓였다. 진수가 떠나고 난 뒤 그냥 두어도 잘 자라는 식물을 사다 놓으려다 말았다. 환자들이 무슨 짓을 할지 몰라서다. 환자들 몇 명이 뻔질나게 감기약을 타간 적이 있었다. 그 약들을 섞어 환각제 비슷하게 만들어 신이 나서 나누어 먹다가 적발되어 혼이 났었다.

인간은 중독이 되면 빠져나오기 쉽지 않다. 의존성이 강한 약물중독은 도마뱀 꼬리보다 더 질겨서 약물 병동을 주기적으로 들락거리는 환자들이 많다. 뇌의 전두엽은 '약 안 먹겠다고 해'라고 말해도 변연계에서는 '너무 좋은걸' 하며 반항한다. 약물중독 치료 후 퇴원해도 약에 관련된 모든 걸 환자 주변에서 치워버리는 것이 불가능하다. 사람은 10억 개나 되는 신경세포를 가지고 있고 이들이 서로 무엇을 교환하는지 수수께끼로 남아있다. 뇌의 가장 중요한 원칙은 억제이지 자극은 아니라는 결론이다.

독방에 있는 환자를 체크하고 나오는데 가슴을 쥐어짜는 듯한 통증이 왔다. 통증은 금방 사라졌지만 식은땀이 나면서 기운이 쭈욱 빠져 그 자리에 주저앉고 말았다. 복도 끝에서 숨을 크게 들이마시고 내쉬기를 반복했다. 컵속에 물이 가득 담겨 쏟아질 것처럼 불안한 마음이 온몸을 휘감았다. 요 며칠 명치끝에 돌을 얹어놓은 듯 가슴이 답답하고 소화도 되지 않았다. 오전에 마무리해야 할 일이 있어 느긋하게 나 자신을 챙기고 있을 시간이 없었다. 스테이션 안에는 각자 일로 분주했다. 오더 체크하고 간호기록 작성하느라 컴퓨터 화면을 한참 들여다봤더니 눈이 뻑뻑하고 화면이 흐릿하게 보였다. 눈이 많이 나빠진 모양이다.

장염을 앓고 있는 환자 수액을 놓기 위해 병실에 들어갔다. 살이 많이 찐 환자라 혈관이 잘 보이지 않았다. 손등과 팔을 샅샅이 살펴보아도 살 속에 파묻힌 정맥은 좀처럼 보이지 않았다. 왼팔과 오른팔에 번갈아 토니캣을 묶고 팔을 붙잡고 씨름하고 있는데 설레발 환자가 쪼르르 달려왔다.

"쌤예, 혈관 안보입니까? 제가 놔 드리까예. 살찐 사람은 감으로 놔야 된다 아입니까."

"설레발, 조용히 해라."

성이 설씨인데 나서기 좋아해서 직원들이 붙여준 별명이다.

"이 병원 간호사님들은 주사를 이상하게 놔요. 이쁘장하게 생긴 정쌤도 엉덩이 주사 놓을 때 얼마나 터프한지 바늘을 멀리서 던지듯이 꽂더라니깐예. 허긴 쌤도 때리지도 않고 그냥 푹 찌르잖아요."

"원래 안 때리고 놓는 거야. 시끄럽다 저리 좀 가라."

간죽거리는 환자의 머리통을 쥐어박고 싶은 걸 꾹 참았다. 일이 년 한 것도 아닌데 눈이 침침해지면서 감각도 둔해졌다. 환자의 손등을 톡톡 두드리자 손이 단풍잎처럼 빨개졌다. 손목 옆을 지나가는 혈관에 간신히 바늘을 꽂고 병실을 나왔다. 얼굴이 화끈거렸다. 약물중독 환자들은 혈관을 귀신같이 찾아냈다. 설레발도 필로폰 중독으로 입원한 환자였다. 그들은 멸균된 주사기 사용과 소독하는 개념이 없다. 그래서 C형 간염 환자가 많다. 약물 환자들은 혈관이 깊이 숨어있어도 실낱같은 정맥을 찾아내어 환각 속으로 빠져들었다. 반복되는 중독 행동은 뇌 속에 있는 아드레날린과 내인성 오피오이드로 불리는 신경호르몬에 대한 금단 현상이다. 짜릿한 기분을 느끼게 하는 특정 행동을 할 때 몸에서 분비되는 물질에 대한 아련한 향수가 또다시 특정 행동을 반복하게 만든다. 미드, 야동, 섹스, 주식 이런 행동중독도 자기기만이라는 폭탄을 내재하고 있기 때문이다.

한나절이 금방 지나갔다. 속이 답답해서 딱히 뭘 먹고 싶은 생각이 들지 않았다. 미적거리다가 가방에 넣어둔 휴대폰을 꺼내 보았다. 남편이 보낸 문자가 여러 개 와 있다. 또 뭘 보낸 거야 와락 짜증이 치밀었다. 두 달째 사람은 코빼기도 보이지 않고 또 가방을 보냈다는 문자다. 카톡으로 보낸 가방 사진을 확대해 보았다. 진달래색에 화려한 장식까지 어디서 이렇게 촌스러운 가방을 샀을까? 그렇지 않아도 장롱 속에 가방이 잔뜩 쌓여있다. 한 번도 들지 않고 그대로 처박아 둔 가방이 여러 개다. 남편이 보낸 가방 중에는 새것이 아닌 중고품도 있었다.

병실 배식 상황을 살펴보고 급하게 식당으로 향했다. 조금 빨리 걸었을 뿐인데 숨이 턱까지 차올랐다. 심장 뛰는 소리가 온몸으로 느껴졌다. 식당 안은 즐거움으로 가득했다. 나는 식판을 들고 분위기가 화기애애한 일반병동 간호사들 무리에 슬며시 끼어 앉았다. 입담 좋은 사람들이 모여 있어 웃음이 끊이지 않는다. 303병동 수간호사는 하나를 배우면 열 개를 써먹는 사람이다. 상담심리 수업을 듣고 있는 그녀는 주변에 앉아있는 사람들의 성격유형을 콕콕 집어 말해 주었다. 핸드백이 수시로 바뀌는 황 간호사는 여성성을 확인하기 위해 새로운 가방을 산다고 했다. 가방은 여성의 자궁을 의미한다고. 옷이나 가방을 자주 사는 사람은 현재 상황에서 벗어나 새로운 변화를 맞게 되는 것이 두려워 삶을 바꾸는 대신에 옷이나 가방으로 대체한다는 것이다. 황 간호사는 고개를 끄덕이며 수긍하는 눈치였다. 그럼 남편이 가방을 끊임없이 사 보내는 이유는 뭘까 갑자기 궁금해졌다. 아내를 바꾸고 싶다는 무언의 메시지일까?

남편과 떨어져 산 지 20년이다. 집 가까운 곳에 자리가 생겨도 남편은 항구도시인 B시에 있으려고 했다. 각자의 자리에 너무 익숙해진 부부는 합치는 걸 내심 두려워하는지도 몰랐다. 선박 검사원인 남편은 상해에서 4년을 살다 왔다. 주변 사람들은 왜 남편을 따라가지 않느냐고 말들이 많았다. 남편 숙소에 중국어 가르치는 아가씨가 날마다 들락거린다고 직원 부인들이 걱정하며 말해 주었다. 데면데면하게 살았던 남편을 따라가기 위해 다니던 직장을 그만둘 수는 없었다. 남편은 한국에 돌아와서도 중국 아가씨와 자주 연락하는 듯했다.

지난여름 남편이 사는 B시에 불쑥 내려간 적이 있었다. 남편은 연락도 없이 왔다고 투덜거렸다. 비밀 아지트인양 오지 말라고 방어벽을 쳤던 숙소는 좁고 썰렁했다. 말라비틀어진 김밥과 버석해진 식빵, 라면 봉지가 식탁 위에 널려있었다. 냉장고에는 생수와 캔 맥주 몇 개가 전부였다. 남편은 주식투자로 돈을 다 날리고 빚까지 진 상태라 최근 몇 년 동안 변변하게 생활비를 보내온 적이 없었다. 바닷가 횟집에서 마신 술기운 탓이었을까? 뻣뻣하던 마음이 조금 말랑해져 부엌에서 수박을 쪼개고 있는 남편을 뒤에서 살며시 안았다. 이 사람이 왜 이래, 하면서 남편은 화들짝 놀라 뒷걸음질 쳤다. 무안해서 얼굴이 화끈거렸다. 날은 더운데 마음은 얼음장처럼 서늘했다. 다음날 집으로 돌아오면서 남편에게 헤어지자고 장문의 문자를 보냈다. 남편의 미안하다는 말이 공허한 메아리처럼 들렸다.

간호기록하고 있는데 센터장이 문을 벌컥 열고 들어왔다. 수간호사가 반색하며 자리를 내주있다. 센터장은 삭달막한 키에 뚱뚱하고 입술이 두툼해서 별명이 저팔계였다. 땍땍거리던 수간호사의 말투가 금방 나긋나긋해졌다. 냉큼 탕비실로 들어간 수간호사가 센터장에게 커피를 갖다주었다. 센터장이 커피를 마시며 정 간호사에게 실실 농담을 건넸다. 입을 꼭 다문 정 간호사의 얼굴에 싫은 표정이

역력했다.

"정샘은 나만 미워하는 거 같애. 저 입 나온 거 봐라. 때려주까."

"미쳤어요."

정 간호사가 발끈하며 센터장이 앉아있는 의자를 밀어버렸다. 마치 두 사람의 장난을 보듯 수간호사가 깔깔거리며 웃었다. 그런 수간호사가 어이없어 쳐다보았다.

얼마 전 센터장이 스테이션에서 난동을 피운 적이 있었다. 그 생각을 하면 마시고 있는 커피를 뺏어버리고 싶은 심정이다. 별것도 아닌 일로 김 간호사에게 폭언을 퍼붓고 차트를 집어던지며 자기를 무시한다고 길길이 뛰었다. 나는 영문도 모르고 스테이션에 들어오다가 차트에 맞을 뻔했다. 여린 김 간호사는 그 일로 한동안 힘들어했다. 병동 간호사들이 센터장의 오만방자한 행동을 규탄하며 탄원서를 내자, 인터넷에 올리자, 여러 가지 의견들이 분분하다가 흐지부지되고 말았다. 수간호사가 그냥 덮고 넘어가자고 설득하고 다녔다. 감독 진급을 앞두고 있던 터라 몸을 사린 거였다.

퇴근 시간은 아직인데 시계를 자꾸 쳐다보았다. 몸이 무거워 몸살이 오려나 싶었다. 다시 식은땀이 나더니 정신이 아득했다. 그러다 푹 다리가 꺾여버렸다. 그리고 가까운 병원 응급실에 들어간 것까지는 기억하는데 그 이후로는 기억이 나지 않았다. 정신이 돌아왔을 때 담당 의사가 걱정스레 말했다. 심장에 혈액을 공급하는 관상동맥이 일부는 막히고 하나는 좁아져 위험할 뻔했다고. 관상동맥 스텐트 삽입술을 하고 며칠 입원까지 했다. 팽팽하던 신경 줄을 놓고 나서야 몸에 과부하가 걸린 채로 오래 걸어왔다는 걸 알게 되었다. 운신의 폭은 좁아졌는데 마음은 한결 가벼웠다.

며칠 만에 새로운 마음으로 병원에 출근했다. 쉬는 동안 병원에는 한바탕 회오리바람이 불었다. 수간호사와 나이가 한참 어린 빙사신사가 깊은 관계였나는 섯이다. 수간호사 남편이 방사선사를 폭행하고 병원을 발칵 뒤집어 놓았다고 다들 수군거렸다. 병원을 그만둔 수간호사 이야기가 눈덩이처럼 불어나고 있었다. 그리고 뜻밖에도 진수가 다시 입원해 병실 구석에 웅크리고 있었다. 지난봄 다시는 병원에 오지 않겠다고 다짐하고 나갔던 아이였다. 본드를 마시다가 이웃의 신고로 잡혀 왔다고 했다.

지난번 퇴원 후 진수는 학원에 잘 다니고 있다고 소식을 전해 왔었다. 자격증을 따면 취업할 곳도 있다고 좋아했었다. 무슨 일이 있었던 걸까? 얼굴은 먹구름이 낀 듯 어둡고 몸은 눈에 띄게 말라 있었다. 실망이 커 진수 얼굴을 쳐다보기가 싫었다. 진수가 쭈뼛거리며 내 주위를 맴돌고 있다는 걸 알면서도 모르는척했다. 진수가 면담을 요청해 어쩔 수 없이 마주 앉았다.

할머니가 돌아가시고 어릴 때 헤어졌던 어머니의 소식을 듣게 되었다고 했다. 용기를 내 어머니한테 연락했는데 어머니는 재혼한 가정에 진수의 존재가 알려질까 봐 만나고 싶지 않다고 냉정하게 거절했단다. 두 번 버림받은 것처럼 참담했다고 말하며 눈물을 뚝뚝 흘렸다. 징징대는 것 같아 보기가 싫었다. 지금까지 애써 노력한 걸 한꺼번에 무너트렸다고 나무랐다. 투약 시간이라 가봐야 한다며 일어섰다. 아직 할 말이 많은 듯 붙잡는 진수를 두고 면담실을 나왔다.

그 후로 누워서 천장만 바라보고 있는 진수가 종종 신경이 쓰였지만 스스로 이겨내야 된다고 생각하며 모른척했다. 어느 날 입소한 환자 면담하고 나오는데 진수가 문 앞에 서 있었다. 샌드가 들어있는 과자 한 봉지를 내게 건넨 뒤 아무 말 없이 사라졌다. 오후가 되면 달달한 게 당긴다고 했던 말을 기억하고 있었던 모양이다. 그리고 다음 날 이브닝 근무 마칠 시간에 진수가 목욕탕에서 목을 맨 채 발견됐다. 중환자실에서 며칠을 버티다가 진수는 결국 삶의 끈을 놓아버렸다.

어느새 창가에 놓아둔 바이올렛의 잎이 무성했다. 바이올렛 줄기를 분질러 잎을 손에 움켜잡았다. 창밖에는 눈이 흩날렸다. 덜컹거리는 창문을 열고 이파리를 바람에 날리며 피어보지도 못하고 꺾인 젊은 영혼이 부디 편안히 건너가기를 빌었다. 그리고 뿌리만 남은 화분을 창밖으로 던졌다. 허공에 발을 딛고 있는 것처럼 정신이 멍멍했다.

업무상 과실로 10개월 감봉 처분이 내려졌다. 내 근무 시간에 진수가 목을 맸기 때문이다. 그리고 남쪽에 있는 병원으로 발령이 날 거라고 했다. 그 말을 전하는 감독의 목소리가 사뭇 조심스러웠다. 퇴근 시간이 지나 병원을 나섰다. 시골길을 벗어나 자주 다니지 않던 길로 차를 몰았다. 눈이 쌓이기 시작하더니 모든 경계가 지워지고 있었다. 낯선 도로에서 30분 넘게 같은 자리를 맴돌았다. 식은 땀이 흘렀다. 표지판도 보이지 않고 거리는 어느새 하얀 어둠 속에 잠겨있었다.

305

즐거운 부고

색이 바랜 하늘색 대문에 자물쇠가 굳게 잠겨있다. 녹이 슬어 부스러기가 묻어나는 자물쇠를 열고 집 안으로 들어섰다. 당당했던 옛 기와집이 사라지고 현대식으로 바뀐 심플한 집은 넓은 터에 어정쩡하게 자리를 잡아 낯설었다. 사랑채가 흔적도 없이 사라지고 창고가 있던 자리에는 호두나무와 대추나무, 감나무 몇 그루를 심어놓았다.

반나절이면 이렇게 올 수 있는 고향인데 몇 년 만인지. 나는 달라진 풍경 속에서 익숙했던 기억을 떠올리느라 마당 한가운데 서서 사방을 둘러보았다. 예전 그대로 남아있는 건 우물과 집 주변을 둘러싸고 있는 대나무뿐이다. 허름한 슬레이트 지붕 아래 있는 우물가로 갔다. 나무 덮개를 열자 뜻밖에도 컴컴한 우물 속에 물이 가득했다. 우물 속으로 고개를 디밀었다. 동굴 속처럼 시원한 기운이 온몸으로 전해졌다. 소리를 질러 보았다.

"아아! 아아아!"

깊은 우물 속을 되돌아 나온 청명한 소리는 울림이 있었다.

"엄마, 아버지, 정호야……."

식구들 이름을 불러보는 사이에 지나간 시간들이 언뜻 수면 위로 떠올랐다. 몸이 깊은 어둠 속으로 끌려가는 듯 정신이 아득했다. 숙이고 있던 허리를 펴고 덮개를 조심스럽게 닫았다. 우물에 물이 그대로 있다니. 신기해서 공연히 우물가를 서성이다가 마당으로 나왔다.

현기증이 나서 봄볕에 데워진 뜰에 털썩 주저앉았다. 담장 옆 흙을 북돋워 새로 만든 꽃밭에는 제비꽃, 금낭화, 양지꽃이 오종종 얼굴을 내밀었다. 꽃을 좋아하는 형수님이 심은 모양이다. 참새 몇 마리가 마당 위를 빙빙 돌다가 호두나무 가지에 앉았다. 사람들의 왕래가 뜸한 빈집에 인기척이 나자 반가웠던가 보다.

뜰에 앉아 망연히 지난 시간을 되감기 하다 문득 아버지 모습이 떠올랐다. 사랑방 툇마루에 앉아 동구 밖을 하염없이 내다보며 누군가를 기다리던 모습. 아버지는 공직 생활 30년 동안 성실하게 일하시다 퇴직하고 갑자기 팔, 다리가 묶인 사람처럼 무기력한 나날을 보냈다. 아버지가 기다린 사람은 부하 직원이었던 우편집배원이었다. 그가 들고 오는 신문을 기다린 거였다. 아버지는 대청마루에 앉아 세 개의 신문을 보는 동안 꼼짝도 하지 않으셨다. 신문을 통해서만 세상과 소통하는지 점점 말수가 줄어들었다. 지루한 시간을 견디며 사는 아버지가 안타까웠다.

툇마루에 앉아있는 사람이 아버지가 아니라 내 모습인 것 같아 흠칫 놀라 자리를 털고 일어섰다. 어느새 해가 저물고 땅거미가 몰려와 집안을 뒤덮었다. 기분 좋은 봄바람이 얼굴을 스쳤다. 나는 동구 밖으로 시선을 돌렸다.

'형님 올 시간이 된 거 같은데…….'

과수원을 끼고 마을 입구로 이어지는 방천 둑에는 사과꽃이 막 꽃망울을 터트렸다. 요즘은 봄꽃들이 차례를 무시하고 폭죽 터지듯 한꺼번에 핀다. 이상기후가 계절을 넘나들며 요동을 치니 식물들도 혼란스러운 모양이다. 예측할 수 없는 게 어디 날씨뿐인가. 형님은 다짜고짜 약속을 잡아놓고 이렇게 감감무소식이다.

밤하늘에 하나둘 별들이 돋아날 무렵 과수원길 사이로 자동차 헤드라이트 불빛이 어두웠던 마을을 환하게 비추었다. 차 소리가 들리자 잠잠하던 마을에 여기저기서 개가 짖기 시작했다. 마당을 서성이고 있는데 형님 차가 집 안으로 들어왔다.

"마이 기다렸제?"

형님이 차 유리창을 내리고 머리를 밖으로 내밀며 말을 건넸다.

"일이 늦게 끝난 모양이네요."

내가 고개를 저어 보이자 형님은 으레 그럴 줄 알았다는 듯이 얼굴을 돌리며 말했다.

"얼른 타라. 늦었는데 빨리 가자."

형님 차에 오르자 큼큼한 냄새가 코를 찔렀다. 얼마 전에 샀다는 새 차 바닥에 흙이 말라붙어 있었다. 경운기도 아니고 새 차에 무슨 냄새냐는 말에 형님은 턱짓으로 트렁크 쪽을 가리키며 퇴비를 싣고 다녀서 그렇다고 허허 웃었다. 형님은 읍내에 살고 있다. 고향 집은 이따금 와서 관리만 한다고 했다. 형님이 새로 리모델링 한 집은 어떠냐고 물었다. 대답을 하기도 전에 최신식으로 바꾸었다고 자랑을 늘어놓았다. 한옥은 고상하고 운치가 있었는데 새집은 가벼워 보인다는 말은 차마 하지 못했다. 형님은 창밖만 내다보고 있는 나를 곁눈질하며 말을 붙였다.

"동생, 가까이 내려와서 너무 좋다. 니 환영식도 하고 겸사겸사 만나는 거지만, 오늘 중요한 자리데이. 잘 부탁한다."

뭘 부탁한다는 말인지 불안감이 밀려왔다. 형님의 직장 상사인 국장과 함께하는 자리라는 말에 어이가 없었다. 약속을 깨기에는 이미 늦은 것 같아 마지못해 따라나섰다. 면 소재지 우체국의 평직원이었던 형님은 노조위원장이 되면서 K시로 옮겨갔다. 형님은 식당 입구에서 주인 여자와 시끌벅적하게 인사를 나누었다. 국장을 비롯해 이 지역의 기관장들과 종종 술자리를 갖는 모양이었다.

국장이 먼저 와 자리를 잡고 있었다. 그는 작은 키에 다부진 체격으로 눈빛이 강해 보였다.

"국장님, 전에 말했던 제 동생입니다. 대기업 중역이라 잘 나가는 사람입니더."

중역이라는 말에 얼굴이 화끈거렸다. 형님이 존경하는

국장님이라며 너스레를 떠는 바람에 어색한 분위기가 조금 누그러졌다. 두 사람은 앉자마자 뭐가 그리 즐거운지 쉴 사이 없이 술을 주고받았다.

"동생, 대기업 중역이면 끗발 좋제? 하청업체나 중소기업 같은데 자리 하나 만들 수 없나? 국장님 아들 취업을 못해서 애먹는다면서요."

국장이 민망한 얼굴로 손을 내저었다. 말없이 연거푸 술잔을 비우던 국장이 속내를 털어놓았다. 하나밖에 없는 아들이 공부도 안 하고 속만 썩이다가 이제 정신을 차렸는데 막상 취업하려니까 갈 데가 없어서 걱정이라고 했다. 나는 해줄 말이 없어서 난감했다. 형님은 얼근하게 취해서 국장 아들의 취직 이야기 끝에 내년에 있을 노조위원장 선거 때 국장님만 믿는다고 떠들어 댔다. 깐깐해 보이는 국장에게 스스럼없이 술도 권하고 이야기도 잘하는 형님이 나는 신기해 보였다. 같은 형제인데 이렇게 다를 수 있다니…….

나는 이런 자리가 몹시 불편했다. 언젠가 부서 회식하고 들어온 날 밤이었다. 받지도 않는 술을 몇 잔 마시고 괴로워서 잠자리에 들었는데 부장이 황소개구리 모습으로 변해서 눈을 부라리며 쫓아왔다. 잡히지 않으려고 죽으라고 달려도 제자리걸음이라 진땀을 흘리는 꿈을 꿨다. 부장은 형님처럼 키도 크고 체격이 좋아서 말술을 마시는 사람이었다. 부장은 내가 술을 마시지 않는 것이 못마땅해서 걸핏하면 비아냥댔다.

"차 과장 몸에 사리 생기겠어. 무게 잡고 앉아서 말이야. 에이, 술맛 떨어져서 원."

부장은 취하면 고장 난 카세트테이프처럼 같은 말을 무한 반복하며 주사를 부렸다. 멀쩡한 정신으로 듣고 있기 괴로웠다. 입사 초기에는 술을 배워 보려고 노력한 적도 있었다. 소주 몇 잔에 얼굴이 빨개져 괴로워하자 다음부터는 술을 억지로 권하지 않았다. 알코올이 들어가면 기분이 좋아지는 것이 아니라 바닥으로 가라앉았다.

입사 동기 박 과장은 술도 잘 마시지만 기분 좋은 대화가 이어지도록 분위기를 이끌어가는 탁월한 재주가 있었다. 성질 더러운 부장도 박 과장이 옆에 있으면 웃느라고 트집 잡을 일이 없었다. 박 과장 주변에 사람들이 몰리는 건 당연했다. 나는 점점 말주변이 없는 사람으로 굳어갔다. 사람들과 어울리는 일이 죽을 맛이었다.

그래도 꼼꼼한 성격 탓에 거래처를 관리하는 영업부에서 큰 사고 한번 없이 오랜 시간을 버텨왔다. L사에서만 생산하던 제품을 다른 회사에서도 만들게 되고 거래처가 많이 줄어들어 영업부도 인원 감축이 불가피하게 되었다. 만년 과장으로 있다가 권고사직이나 다름없는 지방으로 발령이 난 것이다. 그런데 형님은 느닷없이 이 도시에 불시착한 동생의 상황은 짐작도 못하고 있다.

고향 가까이 온 게 몹시 후회된다. 취하고 싶어 술잔을 몇 번이나 들었지만 목구멍에 걸려 넘어가지 않았다. 이런 날은 필름이 끊기도록 취하고 싶다. 팽팽한 의식의 줄을 느슨하게 놓아버릴 수만 있다면.

국장을 먼저 집으로 보내고 한 잔만 더 하자고 고집을 부리는 형님을 달래느라 진땀이 났다. 형님은 대로변을 갈지자로 걸으며 사무실이 바로 옆에 있으니 함께 가보자고 나를 잡아끌었다. 밝은 날 보면 되지 않겠냐고 말려도 막무가내였다. 형님은 시골 우체국 평직원이 선거를 통해서 당당하게 노조위원장이 되었다고 떠들었다. 치열했던 선거 과정을 몇 번이나 말해놓고 처음 말하는 것처럼 또 열을 올렸다. 늦은 시각이라 우체국도 당직실 말고는 캄캄했다. 형님의 쩌렁쩌렁한 목소리에 깜짝 놀란 직원이 어안이 벙벙해서 쳐다보았다. 형님은 기어이 사무실로 나를 데리고 갔다. '노조위원장 차정식'이란 명패가 먼저 눈에 들어왔다. 벽에는 형님이 활짝 웃는 얼굴로 K시 기관장들과 어깨를 나란히 하고 찍은 사진이 걸려 있었다. 책상 위에는 활동 근황을 찍은 사진들이 놓여 있었다. 왠지 낯이 익은 얼굴이 있어 시선이 갔다.

"누군지 알겠나? 니 친구 현직이잖아. 청장님이다 아이가. 작년에 여기 한 번 방문했다."

"아, 현직이가 청장이에요? 출세했네."

"현직이 우리 옆 동네 살았잖아. 걔 부친도 잘 알고 지냈거든. 노인들은 좀만 잘해주면 끔뻑 죽잖아. 이 어르신이 무슨 일만 있으면 나를 찾는기라. 현직이가 직책은 높아도 나한테는 형님이라고 깍듯하게 한다 아이가."

형님이 손가락으로 천장을 가리키는 높은 사람 현직이는 학창 시절 내내 앞서거니 뒤서거니 하던 동창이다. 그는 머리 회전이 빠르고 친화력이 좋아 주변에 친구들이 많았다. 반면 나는 내성적인 성격이라 친구들과 쉽게 어울리지 못하고 혼자 있는 걸 좋아했다.

다윈이 말했다. 살아남는 것은 가장 강한 종이나 똑똑한 종이 아닌 변화에 잘 적응하는 종이라고. 삶의 목표가 뚜렷하고 늘 당당했던 그 친구는 어떻게 변했을까?

형님을 집에 데려다주고 나니 긴장이 풀려 온몸이 나른했다. 깜깜한 숙소에 들어가도 쉬이 잠이 오지 않을 것 같았다. 늦은 시각인데 동네 공원에는 벚꽃 나무 아래서 사진을 찍는 사람들이 제법 많았다. 해마다 봄날은 있었는데 밤에 보는 벚꽃은 처음인 것처럼 생경스럽다. 나무마다 꽃등을 달아놓은 듯 주변이 환했다.

이맘때가 되면 아내가 벚꽃 구경 가자고 졸라대던 시절이 있었다. 나는 사람이 많은 곳에 가는 걸 극도로 싫어했다. 가족들과 나들이 가본 기억이 별로 없다. 일을 핑계로 가족들과 함께하는 시간에 나는 늘 빠져있었다.

아내에게 지방으로 발령이 났다고 말해야 하는데 입이 떨어지지 않았다. 그즈음 아내는 애들 공부시키는 것에 온통 매달려 있었다. 차일피일 미루다가 지방으로 발령이 났다고 이야기하자 애들한테 중요한 시기인데 아빠라는 사람이 도움이 안 된다고 못마땅한 얼굴로 쏘아붙이고 딸아이 방으로 휙 들어가 버렸다. 아내의 냉랭한 모습에 말문이 막혔다. 건널 수 없는 강 저편에 아내가 서 있는 것 같아 울적했다. 그렇게 떠나온 집이지만 숨을 곳 없는 환한 봄밤에는 가족들이 그립다.

사무실에 출근했지만 할 일이 별로 없다. 언제 문 닫을지 모른다는 소문만 무성하고 직원들도 의욕도 없는 것 같다. 끼리끼리 모여 숙덕거리면 내 말을 하는가 싶어 신경이 곤두섰다. 버틸 때까지 버티다가 더 이상 밀려날 데가 없어서 내려왔나 봐. 그런 소리가 환청처럼 들렸다.

마지막으로 희망을 걸어본 일도 물 건너간 걸까? 박 사장은 이제 전화를 받지도 않는다. 나쁜 새끼, 당장이라도 올라가 목을 비틀어 버리고 싶다. 박 사장은 내가 모시던 우리 회사 상무였다. 몇 년 전 회사에서 아웃소싱을 시행한 적이 있었다. 회사 제품을 만들 때 공정의 한 부분을 자본이 있는 외부 사람한테 맡기면 물건을 만들어서 회사에 납품하는 것이다.

인원 감축의 한 방법이기도 해 회사에 근무했던 사람한테 그 일을 맡기는 게 관례였다. 퇴직을 앞두고 있던 박 상무가 그 일을 맡을 수 있게 도와달라고 나에게 부탁했다.

"차 과장 나중에 회사 그만두게 되면 내가 책임질게. 수단껏, 강구해 봐."

회사 생활이 사면초가라 함께 일하자는 말에 귀가 솔깃했다. 아웃소싱 공개 입찰 때 겉으로는 우리 회사 전직 노조위원장하고 경합하는 것처럼 하고 상무한테 넘어갈 수 있도록 부장과 함께 일을 꾸몄다. 박 상무가 부장에게 사례비를 두둑이 챙겨주었다. 나는 퇴직 후 일자리를 약속받았다. 상무는 그 회사 차리고 10억 넘게 수익을 냈다.

지방으로 발령 나기 전에 박 사장을 찾아갔다. 하는 일이 예전 같지 않다고 죽는소리만 하더니 떨떠름한 표정을 지으며 안면을 바꾸었다. 처음부터 함께 일할 마음이 없었던 것 같았다. 그때 계약서라도 받아놓을 걸, 사람을 턱없이 믿은 내 불찰이다. 박 사장의 약점을 알고 있는 한 나도 가만있지 않겠다고 으름장을 놓았다. 같이 일하게 되면 편법으로 이루어지는 더 많은 일들을 내가 보게 될까 봐 그는 끝까지 안면몰수할 것이 뻔하다. 차라리 그때 돈이라도 받아 챙길 걸 후회가 된다.

형님은 시도 때도 없이 전화하거나 숙소에도 불쑥불쑥 나타났다. 나는 독립된 공간이 확보되지 않아서 불안했다. 엊그제 새벽에는 번호 키 누르는 소리에 깜짝 놀랐다. 부스스한 얼굴로 들어온 형님은 운동 나가자고 눈도 떠지지 않는 나를 기어이 깨웠다.

"아침에 강변 산책하면 하루가 얼마나 상쾌한지 아나. 너는 기운 쭉 빠져서 늙은이처럼 와 그래 사노?"

밤새 뒤척거리다 새벽녘에 겨우 눈을 붙였는데 눈치도 없이 막무가내인 형님한테 화가 치밀었다. 혼자 운동하라고 밖으로 밀어내고 현관 비밀번호를 당장 바꾸었다.

형님은 젊은 시절 우체국 창구에서 우표를 판매한 적이 있었다. 훤칠한 키에 송아지처럼 큰 눈, 거기다 성격까지 좋아 동네 아가씨들에게 인기가 많았다. 그런 형님이 결혼하겠다고 소개한 여자는 말이 없고 무뚝뚝해서 성격이나 외모가 형님과 정반대인 사람이었다.

형수는 몇 년 전 폐암 진단을 받고 치료 후 나아졌다가 최근에 다시 암이 재발해 신경이 극도로 예민해져 있다고 했다. 고향에 내려온 지 한 달이 넘었는데 형수를 만나지 못했다. 가까이에 살면서 모르는 척하고 있는 것이 마음에 걸려 퇴근길에 형님 집에 들르겠다고 말했다.

형님 집은 아버지가 30년 넘게 근무하셨던 우체국과 나란히 붙은 2층집이다. 형님이 자랑하던 진돗개 두 마리가 눈을 반짝이며 보초를 서고 있다가 낯선 사람을 보자 왈왈 짖어댔다. 집 뒤로 넓은 텃밭에는 갖가지 채소들이 빼곡히 심겨있었다. 형님 부지런한 건 알아줘야 한다. 2차선 도로 건너편 경찰서 앞에서 제복을 입은 사람이 형님을 향해 손을 흔들었다.

"형님, 며칠 집 비울 때 저분들한테 개밥 좀 주라고 부탁한다면서요."

"그럼, 여는 그래 산다. 김 순경이 잘 봐주기는 하는데, 한 번 오면 개밥을 잔뜩 주나 며칠 집 비웠다 오면 진돌이가 살이 포동포동 쪄 있다니까."

근무자들이 이웃집 개밥 챙기는 것도 인계한다고 생각하니 피식 웃음이 났다.

형수가 노을이 지고 있는 거실 창밖을 망연히 내다보고 있었다. 거실에는 사계절 이불이며 책, 살림살이들이 여기저기 늘어져 있어 폭탄 맞은 것처럼 어수선했다.

"형수님, 저 왔어요."

"언제 왔어요?"

형수가 부석부석한 얼굴로 반갑게 맞아 주었다. 안색이 어둡긴 해도 살이 많이 빠진 것 같지는 않았다.

"잘 나가던 사람이 어쩌다 지방으로 왔어요. 여기 지낼 만해요?"

나는 대꾸할 말이 없어 고개만 끄덕이고 그냥 웃어넘겼다. 형님이 저녁상을 차린다고 부엌으로 들어갔다.

"저, 저녁 안 먹어도 되는데……."

앉아있기 어색해서 나도 부엌을 들여다보았다. 부엌 바닥에도 그릇이며 소쿠리, 종이 상자들이 가득해 금방 이삿짐을 풀어놓은 것처럼 어수선했다. 형수가 냉장고 안에 있는 반찬들을 이것저것 꺼내 상 위에 올렸다. 나는 입맛이 없어 찬물에 밥을 말았다.

"부추김치가 맛있네요. 형수님, 원래 음식솜씨가 좋으시잖아요."

형수가 부추김치를 내 앞으로 밀어주었다. 형수도 입맛이 없는지 수저를 들고 한참 머뭇거렸다.

"서울 한 번씩 갔다 오면 진이 빠져서 밥이 모래알 같아요."

밥상 앞에 앉은 형수의 얼굴이 비장해 보였다. 형님은 가득 담긴 밥 한 공기를 뚝딱 비우고 반찬도 싹쓸이했다. 형님을 바라보는 형수의 시선이 날이 선 것 같아 마음이 조마조마했다.

"동생, 고향 동네 앞 도로에 간이 정류장 만들어 놓은 거 봤나?"

"아, 여름에 땡볕에 서서 차 기다리는 게 힘들었는데. 잘 만들었네요."

"간이 정류장 만드는 데 내가 힘 좀 썼다. 기부도 하고. 동네 사람들이 고맙다고 어찌나 인사를 하던지."

저녁상을 물리고 과일을 깎던 형수가 쾽한 눈을 부라리며 형님에게 악다구니를 퍼부었다.

"지 낯 세우는 데는 잘도 퍼주는 인간이 나한테는 왜 그래 인색했노. 천날 만날 밖으로만 나돌고 집구석 꼴은 우예 돼가는지도 모르고. 마누라는 죽든 말든 니는 달라진 게 하나도 없제."

형수가 들고 있는 과도를 슬며시 빼내 쟁반에 놓았다. 형님이 형수를 달래 방으로 들여보냈다. 형님이 큰 눈을 껌뻑거리며 나를 보고 겸연쩍게 웃었다. 갑자기 험악해진 분위기에 몹시 당황스러웠다.

"너그 형수 인제 죽을 때가 다 된 모양이다. 저래 벌컥벌컥 화를 내는 통에 내가 미치겠다. 암 진단받고 5년 넘었다 아이가. 인자 나도 지친다. 서울 한 번씩 가면 돈이 얼마나 많이 깨지는 줄 아나. 병수발 하는 것도 지긋지긋하다."

"형수님 듣겠어요. 나갑시다, 형님."

한숨만 푹푹 쉬고 있는 형님을 끌고 밖으로 나왔다.

"산소에 함 갈라 한다. 유명한 지관한테 묫자리 좀 봐달라고 부탁해 놨다."

"형님 무슨 소리예요. 형수님 알면 어쩌려고."

"지난번에 병원 가이께 이제 얼마 안 남았다고 준비하라 카드라. 묫자리를 잘 써야 후대 발복한다 안카나."

"정말 이제 방법이 없대요? 형수님 저 한을 다 풀고 가야 할 텐데, 죽으면 다 끝이지 후대 발복이 무슨 소용 있다고 형님도 참."

형님은 이야기를 더 하고 싶어 붙잡는 눈치였지만 형수를 좀 다독거려 주라고 했다. 헤어지기 전에 형님이 주말에 D시에 사는 동생이 내려오면 가까운 절에 한 번 다녀오자고 했다. 어머니는 초파일이 다가오면 객지에 나가 있는 자식들을 위해 해마다 그 절에 등을 달았다. 종교는 다르지만, 그게 어머니만의 기도 방식이었다. 모처럼 가보고 싶은 곳이 생겨서 주말이 기다려졌다.

동생이 내려와 오랜만에 삼형제가 뭉쳤다. 고향마을 근처에 있는 도리사는 유서 깊은 절이다. 초등학교 때 해마다 가을 소풍을 도리사로 갔었다. 산중 깊은 곳에 절이 있어 가파른 산길을 올라가려면 숨이 턱턱 막혔다. 가팔랐던 그 길은 기억 속의 옛길이 아니었다. 국도처럼 넓고 말끔하게 닦아 놓아 차들이 씽씽 달렸다. 산 중턱 주차장에 차를 세우고 산길을 올라가다 보니 나무와 풀이 우거져 작은 오솔길들은 보이지 않았다.

"형님, 우리 어릴 때 저 산 누비고 다녔잖아요. 여름이었던가? 비 온 뒤에 버섯 따러 갔다가 미끄러져 발목 다쳐서 형님이 저 업고 집에까지 갔었는데. 야, 지금 봐도 꽤 먼 길이네요."

"말도 마라. 그때 얼마나 놀랬는지. 니가 무거운 줄도 모르고 집까지 업고 갔다 아이가. 근데 아버지가 동생들 델꼬 쓸데없는 짓 하고 다닌다고 등짝을 사정없이 때리더

라. 얼마나 서럽던지. 아버지는 공부 잘하고 똑똑한 정호가 다친 게 화가 난기라."

"아버지도 너무 했죠. 그때 형님한테 얼마나 미안하던지."

형님이 땀을 줄줄 흘리며 나를 업고 산길을 내려가는데 등에서 열이 났는지 가슴이 뜨거웠던 게 생생하게 기억난다.

"엄마가 우리가 따온 버섯으로 국 끓여주면 쫄깃쫄깃해서 고기 맛이 난다고 좋아했는데 그때 이후로 버섯은 쳐다보기도 싫더라."

"그래서 형님이 버섯을 안 먹는구나. 요즘은 산에서 다치면 헬기로 이송하거든요. 형님은 그때 슈퍼맨이었어요. 이렇게 먼 길을……."

동생이 형님을 항해 엄지척하며 한마디 거들었다.

연초록 나뭇잎 사이로 해사한 산벚꽃이 군데군데 피어 있어 눈길을 사로잡았다. 도심에 핀 벚꽃이 화장한 도시처녀라면 산벚꽃은 세수만 한 산골 처녀 같은 모습이다. 벚꽃 나무 앞에서 셋이 사진 한 장 찍자고 동생이 불러 세웠다. 얼마 만에 찍어보는 사진인지. 지나가는 사람들이 힐끗힐끗 보는 것 같아 겸연쩍었다.

D시 체신청에 근무하는 동생은 사무관 진급을 앞두고 있었다. 동생의 진급을 돕기 위해 두 사람이 작전을 짜느라 이야기가 많았다. 형님이 계획하고 있는 한 판의 놀이가 자못 궁금해 두 사람이 하는 이야기만 잠자코 들었다. 동생 진급의 최종 인사권을 쥐고 있는 청장은 내 동창 김현직이란다. 옆 동네 사는 현직이 부친이 쓰러져서 오늘내일 한다는데 초상이 나면 현직이가 형님한테 장례 전반에 관해 도움을 요청할 거라는 것이다. 이참에 동생도 청장에게 눈도장을 확실하게 찍으라고 말했다.

"형님, 그 집도 어르신 쓰러지고 형제간에 재산 싸움 나서 난리가 났다면서요."

"그래, 현직이 형이 사업한다고 시골에 있는 땅을 좀 팔아치웠잖아. 근데 비싼 땅은 못 팔게 내가 현직이한테 미리 귀띔해 줬거든. 그라이께 엄청 고마워하더라"

동생도 고향 소식을 훤히 알고 있었다.

"언젠가 청장님 본가에 형님하고 인사차 들렀거든요. 마침 청장이 와 있더라구요. 어르신이 형님을 어찌나 반가워하던지. 아들한테 우체국에서 엄청 높은 양반이라고 하니까 청장이 빙긋이 웃으며 형님한테 인사하는데 민망해서 혼났어요. 군대 같으면 장군하고 상병쯤 될 텐데 말이에요."

동생 말에 모처럼 셋이 유쾌하게 웃었다. 형님이 나까지 그 일에 끌어들일까 봐 두 사람과 거리를 두고 걸었다. 완만하던 길이 끝나고 가파른 길이 앞을 턱 막았다. 형님과 동생은 자꾸 뒤처지는 내게 빨리 오라고 채근했다. 숨이 턱 밑까지 차오르자 절이 모습을 드러냈다. 새로 지은 요사채가 먼저 눈에 들어왔다. 기와와 단청이 새뜻해서 고즈넉함은 사라지고 생뚱맞아 보였다. 고풍스러운 대웅전과 영 어울리지 않는 것이 아쉬웠다. 형님은 대웅전에서 백팔배를 하는지 쉼 없이 절을 했다. 뭐든지 설렁설렁 넘어가는 형님이 절하고 있는 순간은 진지해 보였다. 뭘 기도했을까 궁금해서 물어보았다.

"너그 형수 사는 날까지 덜 고통스럽게 해 달라고 빌었다."

형님 눈가가 촉촉해진 듯해서 대웅전 아래 숲으로 시선을 돌렸다. 아래를 내려다보니 올라온 길이 아득하게 보였다.

셋이 경내를 천천히 둘러보았다. 오랜 세월 수없이 많은 사람들이 염원을 가지고 돌았을 화엄 석탑 앞에서 발길을 멈추었다. 나는 바라는 것도 없고 의욕도 없이 그저 하루 하루 시간을 죽이고 있다. 늘 생의 한가운데서 열정적으로 사는 형님이 잠시 부럽다는 생각도 들었다.

공부방에 계시던 스님이 문을 열고 나오다가 형님을 보고 무척 반갑게 맞았다. 합장하고 깊이 고개 숙여 인사하는 스님과 달리 형님은 고개만 까딱하고 스스럼없이 말을 건넸다. 절 살림을 도맡아 하는 총무 스님이라고 했다. 스님은 형님에게 저녁 공양하고 차도 한 잔 마시고 가라고 했다.

형님과 우물가에서 목을 축이고 있는데 나물을 씻으러 온 할머니가 형님의 손을 덥석 잡으며 반가워했다. 부엌으로 부리나케 들어가더니 말랑말랑한 인절미 한 접시를 내왔다. 절에 머무는 처사들까지 다들 형님을 반겼다.

"형님, 이 절에서 한 자리 맡고 있는 거 아입니까. 모르는 사람이 없네요."

동생이 한 톤 높은 목소리로 형님을 추어올렸다.

"이 절도 내가 접수했다 아이가. 하하! 저 총무 스님 머리가 비상한 양반이야. 내가 돈을 엄청 불려줬거든. 스님 노후 준비하시려면 개인 보험도 몇 개 들라고 했더니 디게 좋아하시더라. 필요한 걸 알아서 척척 해주니까 좋을 수밖에 없지."

"좀 전에 떡 준 할머니는요?"

"응, 그 할매 만창골 어르신이잖아. 예전에 손자가 집에서 놀고 있다고 취직 좀 시켜달라고 하도 사정하시길래 집배원 임시직으로 넣어줬더니 몇 년 지나고 정식 됐거든. 지금은 어림도 없지만 예전에는 그런 일도 있었다. 그 후로 나만 보면 뭘 자꾸 챙겨주신다."

"형님 대단해요. 이 절에 계시는 스님 두 분 빼고는 다 형님한테 우체국보험 들었을 걸요. 몇 년 전에 관내에서 우체국보험 판매 제일 많이 해서 상금도 탔지요? 형님은 여기지기 아는 사람이 어찌나 많은시 이 지역 유지라니깐요."

동생이 신이 나서 형님 이야기를 쏟아놓았다. 형님이 허허허 웃다가 본인이 생각해도 인복이 많은 것 같다고 흐뭇해했다. 나는 멀리 있어서 형제들과 소원하게 지냈다. 형님과 동생은 같은 직종이라 속속들이 서로 잘 알고 통하는 것 같아 내심 부러웠다. 저녁 공양을 마치고 형님은 총무 스님과 할 말이 있는지 둘이 방으로 들어갔다. 동생과 툇마루에 앉아서 유년 시절의 보물창고를 열어보는 동안 서산으로 해가 기울고 땅거미가 깔렸다. 어둠 속에 웅크리고 있는 절을 뒤로하고 산길을 내려오는데 잡목 사이로 꽉 차지 않아 기우뚱한 달빛이 길을 훤히 비추어 주었다. 서울을 떠나올 때는 그믐밤처럼 막막했는데⋯⋯. 이야기하며 걷다 보니 금세 산 밑 주차장이다. 어둑한 산길에 나타난 자동차 불빛은 은은하게 스며드는 달빛과 달리 쏘아보는 듯 사나웠다.

산골의 어둠은 칠흑 같다. 군데군데 흩어져 있는 마을에 드문드문 불빛이 보였다.

"형님, 초저녁인데 불 꺼진 집이 많네요."

"내가 처음 집배원 할 때 만해도 빈집이 없었는데 요새는 동네마다 빈집도 많고 노인들만 수두룩하다. 얼마 전에 저 동네 할매가 텃밭에 쓰러져 있는 걸 내가 발견해서 구급차 불러줬잖아. 독거노인들이 많아서 귀찮아도 주기적으로 동네 한 바퀴씩 돌아본다."

형님 오지랖을 누가 말리나 싶어 피식 웃음이 났다. 나도 복잡한 서울로 돌아가지 말고 이곳에서 살아도 좋겠다는 생각이 처음으로 들었다. 동생은 어떻게 하든지 이번에 사무관으로 진급해야 한다고 연수 때 점수는 잘 받아놓을 테니 청장의 마음을 얻는 건 형님이 맡으라고 신신당부했다.

"훈아, 걱정마라. 내가 니 꼭 진급하게 만들어 주께. 염소 한 마리 잡을 준비나 해라."

"형님, 진급에 하자가 없고 비슷한 조건이면 마음 가는 사람 밀어주겠지요."

형님의 설레발에 동생까지 들떠있는 것 같아 제동을 걸고 싶었지만 찬물 끼얹는 말로만 들릴 것 같아 입을 다물었다. 모처럼 얻은 마음의 평화가 깨질까 봐 서둘러 헤어져 집으로 돌아왔다.

주말에는 할 일이 없어 무료했다. 집에 한 번 다녀올까 생각하다가 지난번 집에 갔다 썰렁했던 기억이 나서 내키지 않았다. 아내와 아이들은 내가 낄 자리가 없을 정도로 애착 관계가 잘 형성되어 있다. 내가 가니 편하게 지내다가 객식구가 온 것처럼 불편해하는 것 같았다. 갈 사람은 빨리 갔으면 하는 거 아닌가 하고 눈치가 보인 건 스스로 소외감이 든 내 억측만은 아니었다. 부엌에서 딸이 피자 먹고 싶다고 하자 아내가 아빠 가면 시키자고 속삭였다. 몹시 서운한 마음이 들어 아내한테 어깃장 놓는 소리만 하고 내려왔다. 휴대폰에 저장된 사진을 넘겨보다 훌쩍 커버린 아이들 모습이 낯설어 한참을 들여다보았다. 내게는 늘 무표정한 아내가 아이들과 함께 있을 때는 이렇게 환하게 웃는구나 싶었다. 뚱한 아들과 예민해서 톡톡 쏘는 딸아이 혼자 건사하려면 아내도 힘들겠다. 자기 연민에 빠져 가족들까지 생각할 겨를이 없었다.

이곳에서의 생활은 하루는 길고 한 달은 짧게 느껴진다. 변화가 없는 일상은 지루한데 어쩌다 보면 한 달이 후딱 지나가고 한 계절이 지나갔다. 어느새 한 해의 끝으로 달음질치고 있었다. 새로운 환경도 어떤 틀 안에 들어가 버리면 규격화되고 단순해진다. 나는 운명의 수레바퀴에 실려 가기로 마음을 다잡았다.

투병 중이던 형수의 상태가 점점 나빠져 입·퇴원을 반복하자 형님의 푸념이 잦아졌다. 선산에 형수의 묘터를 잡아놓고 떠나실 걸 준비하는 게 마음에 걸렸다. 병원에 다녀온 후 입맛을 잃었다는 말을 전해 듣고 붕어빵을 사서 병문안을 갔다. 환자는 몇 달 사이에 살이 빠져 홀쭉했다. 숨쉬기가 힘든지 소파에 비스듬히 기대앉아 불안한 눈빛으로 쳐다보았다.

"삼촌 왔어요?"

"형수님, 붕어빵 드시고 싶다고 해서요."

힘들게 웃는 형수의 얼굴을 보기가 딱해서 붕어빵 봉지를 얼른 내밀었다. TV에서 절정으로 치닫는 설악산 단풍을 자세히 보여주었다. 화면을 유심히 보고 있던 형수가 숨이 차서 쌕쌕거리며 말했다.

"설악산 단풍 구경 다시 한번 더 가고 싶었는데, 이제는 못 가겠네요."

형수는 몇 년 전 모임에서 설악산 단풍 구경을 갔다고 했다. 경치가 얼마나 아름답던지 온 산이 붉게 물들어 화려했던 그 풍경이 지금도 눈에 선하다며 눈물을 글썽였다.

"그라이께 누가 지지리 궁상떨며 살라켔나. 할 거 하고 살았으면 덜 억울하지."

형님이 안타까운 얼굴로 말했다.

"애들은 많지, 생활비는 쪼들리게 주지. 당신은 천날 만날 밖으로 나도는데 내가 무슨 돈으로 즐기고 다니노. 인간아."

형수가 숨이 턱까지 차올라 얼굴이 시퍼레졌다.

"됐다 됐다 고마. 내가 다 잘못했다."

바늘방석인 것 같아 나는 일어설 기회만 엿보았다. 형님이 밥 먹으러 나가자고 눈짓했다. 마침 형수가 쉬어야겠다고 방으로 들어갔다. 서둘러 집을 나와 형님이 자주 가는 단골 식당으로 향했다. 산 사람은 먹고살아야 하지 않느냐고 국에 밥을 말아 허겁지겁 먹고 있는 형님도 몹시 지쳐 보였다. 형님은 이런 상황에서도 동생 진급 이야기를 꺼냈다. 상태가 좋지 않아 곧 돌아가실 것 같았던 청장 부친이 쉬이 떠나지 않고 죽을 고비를 몇 번이나 넘겼다고 했다. 날이 추워지면 초상 치르기 힘든데 그 영감님 명줄이 너무 질기다고 불만이었다.

"형님, 가족들이 아쉬워할 때 떠나면 좋겠지만 그게 어디 마음대로 되나요."

"그러게 말이다. 예전에 큰집 할머니 아흔다섯 살에 돌아가셨잖아. 몇 번이나 죽다 살아났어. 초상 치를 준비하다가 허탕 치니까 큰어머니가 부시럭 부시럭 깨어난다고 실망하던 게 잊혀지지 않는다야."

이야기하다 보니 오래 사는 것이 축복이 아니라 어떤 사람에게는 형벌처럼 느껴져 씁쓸하다. 나이가 들수록 새롭거나 특별할 게 없다. 비슷한 삶을 반복하며 살아간다. 이 삶이 끝나지 않고 영원히 지속된다면 오히려 죽으려고 애를 쓸지도 모른다.

캄캄한 숙소로 들어가고 싶지 않아 공연히 동네를 빙빙 돌았다. 오랜만에 아내한테 전화가 왔다. 애들이 아빠 보고 싶어 하니까 한번 다녀가라고 했다. 지난번 서운한 마음으로 내려온 뒤 한동안 연락이 뜸했다. 아내한테 애들 혼자 돌보느라 고생한다고 말해 주었다.

가을의 끝자락에 초상이 났다. 인디언들은 11월을 '모두가 사라진 것은 아닌 달'이라고 했다는데. 형님이 한껏 들뜬 목소리로 청장님 아버지가 돌아가셨다고, D시에 사는 동생이 내려오고 있다고 했다. 두 사람은 축제를 준비하고 있는 것처럼 어떤 인상을 남길지 계획을 세우며 수선을 떨었다. 형님은 원래 오지랖이 넓은 사람이라 그렇다치고 찬찬한 동생까지 장단을 맞춰 의기투합하는 것이 진급이 절실해서 저러나 싶다가도 이해가 안 돼 마음이 불편했다.

청장은 상조회도 있고 도와줄 사람도 많은데 장례 절차에 관해 형님과 상의했다. 돌아가신 어른이 꼭 고향 선산에 묻히길 원했다는 것이다. 산 중턱에 장지가 있어 상여도 필요하고 고향 사람들의 도움이 필요할 수밖에 없었다. 청장은 가까운 일가가 없기도 했고 평소에 고향 사람들과 교류가 없어 의논할 상대가 형님밖에 없는 것 같았다. 형님이 묘터를 잡는 것부터 상여꾼 모으는 일을 앞장서서 보고 다녔다. 성공한 자식을 둔 장례식장은 근조화환이 복도까지 가득 차 있고 문상객들이 끊이질 않았다. 20년 만에 만난 동창 현직이는 청장이라는 직함에 어울리게 당당하고 여유가 있어 보였다. 현직이가 형님 신세를 많이 지고 있다고 무척 고마워했다. 형님은 장례식장에 있어도 찾는 사람이 많은지 전화 받기 바빴다.

말끝마다 '허허허' 후렴구처럼 딸려 나오는 형님의 너털웃음을 듣고 있으면 사람 사이에 경계가 허물어진다. 쓸데없이 큰소리치고 허풍선이라고 생각했던 형님의 삶 속에 이렇게 많은 사람이 숨어있는 줄 몰랐다.

발인하는 날 아침, 산 중턱에 있는 장지까지 운구할 상여가 준비되어 있었다. 큰 꽃으로 꾸며진 꽃상여 옆에 상두꾼들이 목에 수건을 두르고 기다렸다. 형님은 상여 앞에서 요령을 흔들며 저승길 안내하는 앞소리꾼을 자처했다. 동생도 만장을 들고 맨 앞에 섰다. 형님이 앞소리를 매기면 상두꾼들이 뒷소리로 받았다.

"간다 간다 나는 간다. 북망산천 나는 간다."

"어화 어화 어화 넘차 어화."

앞소리 하는 형님과 상두꾼들이 서로 발이 맞지 않아 따로 놀았다. 그래도 형님의 목소리가 쩌렁쩌렁해 그럴듯하게 들렸다. 마을을 에둘러서 산의 초입에 들어서자 엇박자처럼 들리던 앞소리와 뒷소리가 어느새 주거니 받거니 조화롭게 흘러갔다.

산을 붉게 물들였던 단풍이 지고 나니 헐렁해진 계곡이 한눈에 드러났다. 떨어지지 못하고 나무에 간신히 붙어 있는 말라버린 단풍잎을 보고 눈앞이 뿌옇게 흐려졌다. 서늘한 늦가을 바람에 답답한 가슴이 후련했다. 낙엽이 수북이 쌓인 산길로 들어서자 꽉 차 있던 골짜기가 가볍고 넉넉해졌다.

　형님의 목소리가 점점 구슬프고 애잔해서 쓸쓸한 한 편의 서사시를 듣는 것처럼 가슴 찡했다. 목에 수건을 두른 형님이 땀을 닦는 건지 눈물을 닦는 건지 연신 수건으로 얼굴을 훔쳤다.

305

온 누리에 축복을

노을빛 조명 아래 산모들이 둥글게 앉아 요가를 하고 있다. 제법 넓은 거실에 산모들이 가득한 걸 보니 신생아실도 만실이겠다. 급하게 가운을 갈아입고 서둘러 신생아실로 향했다. 수유실에 유축한 모유와 깔때기가 수북이 쌓였다. 바구니를 들고 문을 열자 열대우림처럼 후텁지근한 공기가 훅 끼쳐왔다. 좁은 공간에 다닥다닥 붙은 아기침대가 오늘따라 더 답답하게 느껴진다. 습도가 65퍼센트다.

부지런한 이샘은 벌써 와있고, 데이 근무자인 수샘은 업무 인계 준비로 분주해 보인다.

"수샘, 에어컨 온도 좀 내리지."

"고장인지 27도에서 안 내려가요."

수명이 다된 에어컨이 들들들 소리를 내며 힘겹게 돌아간다. 나는 모유가 든 젖병을 냉장고에 넣고 깔때기는 개수대에 쏟았다.

"쌤 오늘 고생하겠어요. 애기도 많은데 저만 안아달라는 축복이 땜에 정신없었어요."

수쌤이 지친 얼굴로 분유통 주변을 정리하며 투덜거렸다.

"우린 이쌤 있어서 걱정 없어요. 열일하시잖아."

손발이 잘 맞는 사람과 일하면 힘든 일도 훨씬 수월하게 넘어간다. 게다가 이쌤은 아기들을 돌보는 특별한 마력이 있는지 별나게 울고 보채는 아기들도 이쌤이 안기만 하면 울음을 뚝 그쳤다. 젖병이 가득 들어있는 자불 소독기에서 열기가 느껴진다. 소독만 돌리고 젖병을 정리할 시간도 없이 바빴던 모양이다.

"예정일 넘긴 산모들이 뒤로 몰려 있어 당분간 신생아실 꽉 차게 생겼어요."

수쌤이 근심 어린 얼굴로 말했다.

월초에는 아기들이 없어서 강제로 오프를 받았다. 아기가 딱딱 맞춰서 나오는 게 아니라 이런 상황이 생긴다.

"근무자도 없는데 큰일이네요."

처치대에 나란히 누워있는 쌍둥이는 겨우 2킬로그램인 조숙아다. 체온 유지를 위해 속싸개 위에 이불까지 덮어놓았다. 이런 애를 받으면 어쩌자는 거야. 생각 없는 실장의 행동이 못마땅하지만 조리원 상황을 생각하면 찬밥 더운밥 가릴 여유가 없긴 하다. 요양병원의 숫자는 나날이 늘어나고 산후조리원은 하나둘 사라진다. 지난해부터 큰 산부인과 두 곳이 문을 닫았고, 조리원도 네 군데나 간판을 내렸다.

최근에 베이비박스 앞에서 신생아가 숨지는 일도 있었고, 중고 물품 거래 앱에서 신생아 입양 글이 올라와 신생아 돌봄에 대한 문제점이 제기되었다. 출산율 감소의 심각성만 떠들어대고 미혼모나 한 부모 가정에 대한 지원과 보호는 제대로 이루어지지 않는 게 현실이다.

"쌍둥이들은 별문제 없어요?"

"재태 기간을 다 채운 아가들이라 괜찮은 거 같아요. 근데 작은 애는 잘 안 먹네요. 신경 써서 챙겨 먹여야 하는데 애들은 많고 손이 딸려서 힘들었어요."

연신 땀을 닦는 수샘 얼굴이 몹시 지쳐 보인다. 안 그래도 큰 눈이 퀭하다.

"오늘 입실이 세 명인데 실장은 코빼기도 안 보이는 거 봐요. 산모 챙기랴 애들 보랴 난리가 났겠네. 너무한 거 아 냐?"

내가 하고 싶은 말을 이샘이 대신해 주는 것 같아 격하 게 공감했다.

"산모 가운은 도대체 언제 온대요? 오늘 입실한 산모들 한테 소매 끝자락이 나달나달한 옷 주면서 얼마나 미안하 던지. 요새 누가 그런 옷을 입냐고요."

수샘이 난감해하며 말했다.

"서울에 옷 주문했다고 말한 게 몇 달 된 것 같은데요?"

"정샘, 옷 주문했다는 말을 믿어요? 그냥 하는 소리여. 몇 달이 뭐야. 1년째 산모들한테 옷이 곧 온다고 거짓말하 고 있구만. 산부인과 분만 건수가 확 줄어서 조리원까지 신경 쓸 여력이 없대요. 여기도 언제 문 닫을지 몰라요."

조리원 경력 20년이 다 돼 간다는 이샘은 이 바닥 소식 통이다. 남편이 실직해서 갑자기 가장 역할을 하게 된 수 샘이 한숨을 쉬었다.

"수샘은 아직 젊은데 딴 병원 얼마든지 갈 수 있잖아요.

나이 많은 내가 문제지."

신생아실 분위기 메이커 이샘이 의기소침해지자 공기
가 무겁다.

"다들 힘냅시다. 지금은 이렇게 애들이 많은데. 베이비
페어도 나가고 맘카페 홈피 관리도 하면 예약 산모가 늘어
날 텐데 실장님이 나 몰라라 하니."

나도 애써 긍정적인 말은 했지만 불안하기는 마찬가지
다.

"산부인과 원장이 실장한테 맡겨놓고 관여를 안 하니
여기가 자기 왕국인 줄 알어, 점점 망해가고 있구만."

현실을 탁 꼬집어 말하는 이샘은 늘 명쾌하다. 사설이
길어지자 수샘이 인계를 서둘렀다. 쌍둥이 잘 챙겨 먹일
것, 도담이는 황달이 심해 소아과 진료를 다녀왔으니 모유
를 당분간 중단하고 분유를 먹여달라고 했다. 개똥이는 오
후에 소아과 진료를 나갔고, 축복이는 여전히 밤낮없이 보
챈다고 했다.

물티슈, 휴지, 신생아실 비품까지 인계할 때 체크하라고
용지를 붙여 놓았다. 이샘이 버럭 화를 냈다.

"쓸데없이 이딴 거 신경 쓰지 말고 산모 유치할 생각이

나 하지. 이게 뭐가 중요해. 산모 한 명이라도 더 받을 생각을 해야지."

이샘 말이 떨어지기 무섭게 실장이 신생아실 문을 열고 들어왔다. 화려한 꽃무늬 원피스 위에 오픈 가운만 걸치고 무도회라도 다녀온 듯 상기된 얼굴이다.

"수샘, 별일 없지요?"

놀러 온 사람처럼 목소리가 가볍다. 수샘은 귀신이라도 본 듯 화들짝 놀랐다.

"실장님, 원피스가 이쁘네요. 오늘도 교회에서 율동하고 오셨나 봐요."

"이거 지난번에 산 거잖아. 안나수이 거야. 수요일은 교회 빠질 수가 없어. 곧 율동대회가 있거든."

이샘은 태연하게 실장과 이야기를 주고받았다. 실실 웃으며 뼈있는 소리를 해도 실장은 눈치를 못 챈다. 자기가 듣고 싶은 말만 골라서 듣는 재주가 있다.

"수샘, 퇴근하기 전에 산모 입실 교육 좀 하고 가지. 나갔다 왔더니 너무 피곤하네."

실장은 주의 깊게 봐야 할 조숙아는 보지도 않고 자는 아기들을 일별하고 나가버렸다. 어이가 없어 서로 얼굴만 쳐다보았다. 산모 입실 교육은 내가 하겠다며 수샘을 등 떠밀어 보냈다.

아기들이 꼼지락거리다가 여기저기서 빽빽 울어댄다. 축복이 목소리가 가장 크다. 금방 안아주지 않으면 숨넘어갈 듯 자지러진다. 신생아실 천장에 높은음자리표가 박히기 전에 뚝 그치게 할 방법은 먹이는 것뿐이다. 분유를 타는 이샘의 손길이 분주하다. 높고 여린 울음에 섞여 우렁차게 울리는 응애 소리에 오월이 쪽으로 눈길이 간다. 입실한 지 3주가 다 되어가는 고참 오월이는 체중 5.5킬로그램이 넘었다. 배냇저고리가 쫄티처럼 작아졌다. 가방만 메면 학교 가게 생겼다고 이샘이 놀리곤 한다.

"오월아! 너는 삼월이를 데리고 와야지. 너 안으려면 허리가 휘청한다."

이샘이 오월이를 지나 축복이 침대로 가버렸다. 오늘도 오월이는 내 차지다. 체중이 많이 나가는 오월이는 다들 안아주기 버거워한다. 묵직한 오월이를 안고 분유를 먹이면 목젖으로 넘어가는 꿀떡꿀떡 소리가 경쾌하다. 가득 든 분유가 금방 비워지는 게 좋다. 한참 안고있다 보면 팔이 저릿한 게 문제다.

이샘은 분유도 마다하고 계속 칭얼대는 축복이를 안고 어르고 달랜다. 아기들이 이유 없이 보챌 때는 엄마가 안 아주는 것이 특효약이다. '노콜' 팻말이 붙어있는 축복이는 특효약을 쓸 수가 없다. '노콜'은 엄마가 데리러 오지 않는 한 부르지 말라는 표시다.

"아가, 너는 귀한 존재여. 사랑한다. 축복아!" 이샘이 축복이를 꼭 껴안고 이마를 쓸어 넘기며 주문을 왼다.

"쌤, 축복이 대머리 되겠어요. 자꾸 쓰다듬어서 이마가 반질반질해졌네."

"모유 먹는다고 수시로 엄마 보고 오는 친구들이 축복이는 얼마나 부럽겠어요. 말은 못 하지만 다 느끼고 있다니깐."

점잖은 오월이는 분유를 먹으면서 잠이 들었다.

"근데 태명이 왜 오월이래요? 그것도 남자애를."

"그러네. 오월이는 좀 뜬금없지. 산모한테 물어봐야것네. 우리 애들 키울 때는 태명도 없었는데 정샘 늦둥이 낳을 때는 태명 있었나?"

막내를 낳을 때는 태명이 없었다. 언젠가부터 유행처럼 태명이 따라붙었다.

"딸내미 많이 컸겠네. 고등학생이죠? 머리 커트하고 싶다 그랬다며."

"늘 긴 머리하고 있으니까 지겨운가 봐요. 사람들이 귀에 보청기 꽂고 있는 거 보면 놀랄 텐데 괜찮냐고 말렸는데, 어느 날 커트하고 왔더라고요. 애가 씩씩해요."

"엄마가 마음이 건강한 애로 잘 키웠네."

"애가 워낙 밝은 성격이라."

아기침대 머리맡에 붙여놓은 네임 카드에 적힌 태명은 제각각이다. 쑥쑥이, 열무, 사랑이, 만복이, 튼튼이, 우탄이, 도담이, 오월이, 씩씩이, 개똥이.

몇 번 유산을 한 산모가 열 달 동안 무사하기를 빌면서 지었다는 '열무'는 엄마의 간절함이 담긴 태명이다. 우탄이는 정말 귀여운 원숭이를 닮아서 부모가 선견지명이 있었다고 한마디씩 했다.

"개똥이 엄마는 14년 만에 낳은 애라면서요. 습관성 유산으로 상처를 너무 많이 받아서 임신 포기하고 부부 사이도 안 좋아 이혼 생각하고 있었는데 개똥이가 생긴 거래요. 누가 또 시샘해서 데려갈까 봐 막 크라고 개똥이라 지었대요."

"자식이 뭔지. 산모가 겉늙어 보이지요?"

"마흔여섯이래요. 마음고생이 심했나 얼굴이 많이 상한 거 같아요. 지난 이야기 하면서 눈물 철철 흘리더라고요"

"삼신할머니도 업무태만이지. 아기를 간절히 바라는 사람한테나 빨리 점지해 줄 것이지 엉뚱한 곳에 애를 떡하니 보내면 어쩌자는 거야. 아가 너는 축복받는 존재여."

이샘이 축복이 머리를 쓰다듬으며 또 혼잣말로 중얼거린다.

내내 칭얼대다 잠이 든 축복이를 침대에 조심스럽게 눕혔다. 이샘이 화장실 갈 시간도 없다고 투덜대며 나가자마자 축복이가 앵앵 소리를 지른다. 빨리 안아주지 않으면 톤이 올라가 사나워진다. 개수대에 가득 쌓인 젖병을 씻다 말고 축복이를 다시 안았다. 짜증이 올라오는 걸 꾹꾹 눌렀다. 근무자가 세 명이어도 한 사람은 축복이를 전담해야 하니까 일손이 부족하다. 분유 먹일 시간은 왜 이렇게 빨리 돌아오는지. 모유 수유 때문에 산모에게 아기를 보내고 다시 받는 것도 일이다. 칭얼대던 아기들도 엄마 품에 안기면 마음이 편안한지 모유는 먹지도 않고 잠만 자다 들어온다. 배가 차지 않으니 눕혀놓으면 또 칭얼대고 소득도 없이 들락날락하다 아기도 지치고 우리도 기운이 빠진다.

열무 엄마는 모유 먹이고 싶은데 아기가 잘 빨지 않는다고 수유할 때마다 눈물 바람이다. 배가 고픈 열무는 빨기 힘든 젖꼭지를 대기만 해도 도리질하며 울어댄다. 분유를 조금 타서 산모에게 주었다. 배가 고프면 수유하기 더 힘드니 일단 좀 먹이고 모유를 먹여보라고. 자지러지게 울던 열무는 분유를 꿀떡꿀떡 넘겼다. 잘 먹고 있는 젖병을 빼버리자 열무가 서럽게 울었다.

"이러다가 분유만 먹고 모유는 안 먹으면 어떻게 해요. 모유 먹이고 싶은데⋯⋯."

산모가 눈물을 글썽이다 급기야 훌쩍거린다.

"산모님, 모유 먹이고 싶은 마음 알아요. 근데 엄마 마음 편안한 게 제일 중요해요. 이렇게 울고 속상해하면서 모유 먹이면 애가 눈칫밥 먹는 거예요. 엄마의 감정이 아기한테 고스란히 전달되거든요. 모유 수유는 익숙해지면 잘 먹을 거예요."

먹다 뺀 분유를 다시 물리며 산모가 겸연쩍게 웃었다.

새로운 생명의 탄생은 가슴 벅찬 일이지만 그 기쁨을 누릴 시간은 금방 지나가고 현실이 기다린다. 산모들 대부분은 아기를 어떻게 돌보고 보살펴야 하는지 잘 모른다. 오로지 아기한테만 매달리는 엄마가 있는가 하면 아기는 뒷전이고 자기 몸 챙기는 것만 신경 쓰는 엄마도 있다.

닫힌 공간이라 하루에 두 번 신생아실 청소와 소독을 한다. 소독 시간이라 아기들을 엄마 방으로 다 내보냈다. 오늘도 축복이와 씩씩이만 덩그러니 남았다.

"씩씩이 엄마 오늘도 나갔네. 밖에 나가 뭔 짓 하고 다니는 겨. 애 엄마 맞아 이 여자."

"그러게요. 애 보러 한번을 안 와요. 엊저녁에는 남편하고 대판 싸웠는지 옆방 산모가 시끄러워 죽겠다고 방 바꿔 달라는데 빈방이 없잖아요."

"애 낳았다고 엄마는 거저 되는 게 아닌데 말여. 씩씩이 앞날이 걱정된다."

이샘이 씩씩이 침대를 밖으로 밀고 나가며 한숨 섞인 소리로 중얼거렸다.

"정샘, 축복이 데리고 나가서 둘이 보고 있어요. 청소는 우리가 할 테니까."

축복이 침대를 끌고 문밖으로 나오다 신생아실 쪽으

로 걸어오고 있는 축복이 엄마 미정 산모를 보고 흠칫 놀랐다. 침대를 등 뒤로 돌리고 어정쩡하게 서 있었다. 미정 산모는 신생아실 가까이에 있는 수족관 앞에서 무심한 얼굴로 열대어들을 들여다보았다. 산모한테 아기를 절대 보여주지 말라고 미정이 어머니가 신신당부했었다. 축복이가 울까 봐 마음이 조마조마했다. 미정 산모가 물고기 밥을 뿌려주고 휴대폰을 들여다보더니 실망하는 표정을 지었다. 누군가의 전화를 기다리는 모양이었다. 미정 산모가 불안한 듯 거실을 서성거리다 휴게실로 들어갔다. 잠잠하던 축복이가 갑자기 발을 바둥거리며 울어댔다. 축복이 담당 이샘이 얼른 아기를 안고 분유를 입에 물린 뒤에야 울음을 그쳤다.

청소를 일찍 끝내고 나면 잠시 쉬는 시간이다. 오늘처럼 아기들이 많을 때는 산모들이 수시로 들락거려 잠시도 쉴 틈이 없다. 오월이 엄마는 벌써 세 번째 기저귀 갈아달라고 아기를 데리고 왔다. 방귀 소리만 듣고 똥 쌌다고 데려오고, 오줌 쌌다고 또 데리고 왔는데 묵직한 오월이를 안고 들어오는 이샘 얼굴이 구겨졌다.

"커피 한 잔 마실 시간이 없네요. 오월이 엄마는 첫애라 잘 모르나 어지간하네요."

"첫애는 무슨, 둘째예요."

이샘이 둘째라고 적힌 차트를 눈앞에 디밀었다.

"평소에도 안 델꼬 가면서 소독하는 한 시간을 못 참아서 저 지랄이네."

"다음에 데려오면 방에 가서 기저귀 가는 법 알려준다 해야겠어요."

"지난번에 어떤 산모가 기저귀 갈아달라 했더니 선생님들이 싫어한다고 실장한테 일러바쳤잖여. 그런 말 다시 들리면 우리한테 시말서 받겠다고 실장이 협박했어요. 조심해야 혀."

육체노동에 감정노동까지 더해지면 의욕상실이다. 그래도 꼬물꼬물한 아기들을 보면 웃게 되는데 웃음이 사라지면 이 일도 그만둬야 할 모양이다. 세탁실에서 가져온 배냇저고리, 속싸개, 손수건을 정리하다 어깨가 무너지는 것 같아 주먹으로 콩콩 때리자 이샘이 어깨를 주물러 주었다. 자그마한 사람이 손아귀 힘이 얼마나 센지 악 소리가 났다. 팔을 들거나 손을 등 뒤로 했을 때 통증이 심하다.

운동 범위가 좁아져 아기를 돌보는 일이 조심스럽다.

"정샘, 물리치료라도 받아요. 자기 몸은 자기가 챙겨야지."

"이샘도 손목 인대 늘어났다면서요. 아까 파스 냄새 나던데, 관절은 많이 쓰면 고장 날 수밖에 없나 봐요."

"실은 나 여기 쉬는 날 다른 조리원 알바도 해요. 남편이 명퇴해서 나라도 벌어야지."

6년 가까이 함께 일한 이샘이 요즘 들어 힘들다는 소리를 자주 한다.

"나는 여기가 생계가 달린 곳인디 실장은 심심풀이로 생각하는 거 같아서 화가 나요. 여기 문 닫으면 이제 갈 데도 없구만."

이샘 한숨에 위로할 말이 없다. 한 시간이 후딱 지나갔다. 노크 소리에 깜짝 놀라 문을 열었다. 뺑 하자마자 들어오는 아기는 오월이다.

"오월이구나!"

나긋나긋한 목소리로 반가운 듯 오월이를 받았다. 이샘과 눈이 마주치자 씁쓸하게 웃었다.

우탄이 아빠가 아기를 안고 산모가 유축한 모유를 들고

왔다. 산모는 해맑은 얼굴로 감사하다고 인사를 자주 한다. 뭐가 그리 좋은지 늘 생글생글 웃는 모습을 보면 저절로 미소가 번진다. 모유를 데워줘도, 기저귀를 갈아주어도, 우탄이 목에 손수건을 둘러줘도 감사하다고 꾸벅 인사한다. 젖병에 가득 담은 모유를 건네는 우탄이 엄마의 발그레한 얼굴이 세상 행복해 보인다.

"우탄이 엄마, 모유 엄청 잘 나오네요."

모유가 가득 든 젖병을 들어 보이며 칭찬해 주었다.

"눌러보기만 해도 나오니까 제가 꼭 젖소 같아요. 이상해요."

젖소라는 말에 나도 모르게 크게 웃었다. 옆에 서 있던 우탄이 아빠가 아내의 옆구리를 쿡 찌르며 얼굴을 붉혔다. 부부가 손잡고 가는 뒷모습이 다정해 한동안 여운이 남았다.

개똥이를 데리고 외래진료 갔던 산모가 근심 가득한 얼굴로 들어왔다. 무슨 일이냐고 물었더니 한숨부터 내쉰다. 청력검사에서 패스가 되지 않아 재검이 나왔다고 걱정이 태산이다. 청력검사라는 말에 내 가슴이 덜컥했다.

"아기가 수면 상태일 때 검사하는 거라 깊게 잠들지 않으면 다시 검사하는 애기들도 있으니 걱정하지 말고 가서 쉬어요."

"선생님 정말 괜찮겠지요. 근데 왜 이렇게 불안한지 모르겠어요."

산모를 다독여 방으로 보냈다. 불안한 마음을 누구보다 잘 알고 있어 마음이 쓰인다. 재검에서 정상 진단을 받기를 바라는 마음이 간절했다. 그때 이샘이 소독한 젖병을 꺼내다 바닥에 떨어뜨렸고, 개똥이가 움찔하며 놀랐다. 청력이 살아있다는 증거였다. 그럼 그렇지. 개똥이는 괜찮을 것이다.

속싸개를 풀어헤치고 나비잠을 자는 개똥이 기저귀를 갈아주며 딸아이 생각이 나서 눈물이 핑 돌았다. 어렵사리 얻은 늦둥이 딸인데, 출산 직후 난청 진단을 받고 앞이 캄캄했다. 종합병원까지 가서 수면제를 먹이고 정밀 검사를 일곱 번이나 했지만 소리에 반응이 없었다. 청력 손실이 90데시벨이라 비행기가 착륙할 때나 기차가 지나가는 소리 정도 되어야 들린다니 세상과 단절된 상태라는 말이었다. 아이가 소리나 움직임에 반응하니까 들린다고 생각했다. 도무지 믿을 수가 없어서 자고 있는 아이 귀에 대고 냄비뚜껑도 부딪쳐 보고, 양푼을 미친 듯이 두들겨 보기도 했다.

돌 무렵에 '인공 와우'를 심어주는 큰 수술을 두 번이나 했다. 청신경이 굳어지기 전에 언어를 배워 인공 와우 24개의 주파수와 연결하는 과정은 산 넘어 산이었다.

노력하지 않아도 저절로 얻어지는 것들을 딸은 안간힘을 다해 터득해 나가야 했다. 언어 치료하는 몇 년 동안 아이를 건강하게 낳아주지 못한 미안함과 죄책감이 나를 괴롭혔다.

이런저런 생각에 잠겨있는데, 갑자기 잠에서 깬 축복이가 숨넘어가게 울어댄다. 울음소리가 짜증이 섞인 것처럼 날카로워 귀가 먹먹할 지경이었다.

"오늘은 목욕 좀 빨리 시킬까요? 축복이 먹지도 자지도 않고 이렇게 울어대니 병 나것어."

이샘이 축복이를 안고 난감한 표정으로 말했다.

"그래요. 목욕시키고 나면 좀 조용하겠지요."

목욕 준비를 서둘렀다. 속싸개와 배냇저고리를 펼쳐놓고 체중계, 알코올 솜도 꺼냈다. 따뜻한 물속에 축복이 몸을 담그자 잠시 조용히 있더니 금세 울어대기 시작했다.

얼른 목욕을 끝내고 체중을 쟀다. 체중이 늘기는커녕 오히려 줄어들었다. 주야장천 울기만 하고 먹지도 않으니 큰일이다.

알코올 솜으로 배꼽소독을 하다 보니 제대가 떨어졌는데 왜 인계를 안 했을까 궁금했다. 축복이 침대에 붙어있어야 할 제대가 보이지 않았다. 데이 근무자들에게 급하게 전화를 돌렸다. 수샘은 깜짝 놀라 못 찾으면 어떻게 하냐고 걱정이 태산이었다. 다들 언제 없어졌는지 모른다는 것이다. 축복이는 엄마가 데려가지 않으니 줄곧 신생아실에만 있었다.

지난해 제대가 없어진 걸 빌미로 조리원비와 손해배상비까지 한몫 챙기려 했던 산모가 있었다. 실장은 원장한테 말 못하니 선생님들이 해결하라고 무책임하게 굴었다. 아무리 찾아도 보이지 않던 제대는 청소여사가 배냇저고리 안에 있던 걸 나중에 갖다주는 바람에 그 사달이 났다. 소중한 걸 잃어버렸다고 길길이 날뛰던 산모는 떨떠름한 표정으로 제대를 받았다. 산모는 정신적인 피해를 들먹이며 트집을 잡다가 기어이 분유 한 박스를 챙겨갔다. 그 사건이 있고 난 후 실장은 제대를 분실하면 월급을 깎겠다, 시말서를 받겠다며 으름장을 놓았다. 어쨌든 실장이 알기 전에 제대를 찾아야 한다.

탯줄은 태아와 태반 사이를 연결하는 관이다. 모체로부터 받은 산소와 영양분을 태아에게 공급하고 노폐물을 내보낸다. 아기가 세상에 나오면서 엄마와 분리되는 첫 작업이 탯줄을 자르는 것이다. 축축하던 제대는 점점 말라 일주일이 지나면 떨어진다. 요즘 산모들은 까맣게 말라비틀어진 제대로 도장을 만들거나 액자를 만들어 보관한다.

아이를 낳는 것은 한 우주가 생성되는 것이라고 했다. 요즘 산모들은 아이가 열어갈 미래를 그려보는 것보다 사소한 것에 집착하고 외적인 것에 매달리는 것 같아 눈살이 찌푸려진다.

"제기랄! 시커멓게 말라비틀어진 제대가 뭐라고. 정샘, 축복이 엄마가 제대 그것만이라도 간직하고 싶다고 하면 어쩌지요. 어떻게 나올지 알 수가 없어 불안하네요."

"그러니깐요. 세탁실이랑 쓰레기봉투 뒤져보고 올게요."

보채던 아기들이 목욕하고 개운한지 잠시 조용하다. 이 평화가 그리 오래가지 않을 것 같아 서둘러 밖으로 나왔다.

널찍한 거실 한쪽에서 아이패드 화면을 보고 있는 미정 산모가 눈에 들어왔다. 그냥 지나가려다가 거실 한가운데를 가로질러 미정 산모 뒤쪽으로 슬그머니 다가갔다. 게임에 열중하느라 누가 오는지도 모르는 것 같았다. 탁자에는 맥주와 먹다 만 햄버거가 널려 있다.

"술을 마시면 어떡해. 다른 산모들 보기 전에 얼른 치워요."

"네에……."

저러니 보호자로 와 있는 미정 엄마가 말끝마다 딸년이 아니라 웬수라고 푸념하지 싶다. 이 시간 학교에서 공부하고 있을 딸이랑 동갑내기인 미정 산모를 보면 마음이 복잡해진다.

아기들이 많아 세탁실도 빨래가 가득 쌓였다. 오전 한차례 빨래를 돌렸을 터인데 떨어진 건 없는지 주변부터 살펴보았다. 빨래 바구니를 바닥에 쏟았다. 배냇저고리, 속싸개, 손수건이 뒤섞인 빨래 더미를 헤집자 시큼한 냄새가 코를 찌른다. 마스크를 눈 밑까지 올리고 턱까지 차오른 숨을 짧게 쉬었다. 분유를 게워 낸 배냇저고리는 상한 단백질 냄새가 고약하다. 속싸개와 저고리를 탈탈 털었다. 제대는 흔적도 없다.

기저귀 버린 쓰레기통을 뒤져봐야 하나. 생각만 해도 머리가 지끈거린다. 기저귀 갈아줄 때 달랑거리던 제대가 휩쓸려 버려질 때도 있었다. 철없이 게임에 빠져있던 미정 산모를 생각하면 찾고 싶은 마음이 달아나지만 축복이의 유일한 흔적일지도 모른다고 생각하니 마음이 달라진다.

대형 쓰레기봉투에 가득 담긴 기저귀를 모두 쏟았다. 신생아 대변은 대체로 냄새가 별로 나지 않는데 코를 찌르는 냄새가 뒤섞였다. 철분제와 비타민D를 먹이고 있는 조숙아들 대변은 냄새가 독하다. 수건으로 코를 막고 마구잡이로 접은 기저귀를 하나하나 눌러보았다. 제대 사이에 끼워 놓은 클립이 있는지 일일이 만져보았다. 한참 쪼그리고 앉아있었더니 다리에 쥐가 났다. 무감각한 다리를 펴고 잠시 앉아 쉬다가 문득 기억 저편으로 사라졌던 학생 시절 생각이 났다.

얼떨결에 보았던 신생아 첫 대면 사건이다. 마지막 학기 산부인과 실습이라 가벼운 마음이었다. 분만 진행 중이던 산모가 진통으로 무척 고통스러워했다. 안타까운 마음이 들어 옆에서 손을 잡아 주었다. 간호사가 손 잡혔다가 다치는 수가 있으니 멀찍이 떨어져 있으라고 했다. 책임 간호사는 분만하기 전에 빨리 밥을 먹고 와야겠다며 학생인나 혼자 두고 식당에 내려갔다. 별일 없을 거니까 지키고만 있으라고. 그런데 잠깐 사이에 산모가 급속 진통이 오면서 산도가 다 열려버렸다.

엉겁결에 들어간 분만실. 잔뜩 겁먹은 얼굴로 허둥대자 의사가 해야 할 것들을 차분히 일러주었다. 정신없는 사이에 아기가 나오고 우렁찬 울음소리에 깜짝 놀랐다. 학교에서 배운 아프가* 점수는 체크할 겨를이 없었다. 탯줄을 자르고 코드타이를 하려는데 손이 바들바들 떨렸다. 물기 머금은 아기는 촉촉했다. 엄마와 동아줄보다 더 튼튼하게 연결되었던 탯줄을 가위로 자르자 설컹거리는 느낌이 온몸으로 전해졌다. 내가 처음 경험한 생명의 탄생은 그렇게 경이롭고 낯설었다. 축복이 제대를 찾다 보니 까마득하게 잊었던 그때 생각이 난다. 신생아들을 돌보는 일이 직업이다 보니 이제 조심스럽던 마음은 무뎌지고 권태가 도사리

---

* 출생 직후 신생아의 건강상태를 평가하는 방법 5가지 항목-피부색, 맥박, 반사 및 과민성, 근 긴장도, 호흡-을 말한다.

고 있다.

기운이 쭈욱 빠져 터덜터덜 신생아실로 돌아왔다. 자리 비운 걸 아는지 아기들이 여기저기서 울고불고 난리다. 진땀 흘리던 이샘이 볼멘소리로 왜 이제 오냐고 투덜댔다.

"세탁실, 쓰레기통까지 다 뒤져보느라 늦었어요."

"지하에 있는 쓰레기통까지 봤어요? 엊그제 쓰레기는 지하에 있을 텐데."

"거기까지는 못 가봤어요. 애들 울까 봐 마음이 급해서."

좀 전에 맡았던 시큼하고 비릿했던 냄새가 코끝에 남아 속이 울렁거렸다. 이샘이 안고 있던 축복이를 내게 건네주며 화가 나서 씩씩거렸다.

"어지간해야 봐주지. 가시나 주구장창 울어대니 집에 가도 축복이 울음소리가 들리는 거 같다니깐요."

"이샘 아니면 축복이 달랠 사람이 없어요."

울다 지쳤는지 울음소리도 힘이 없는 축복이를 꼭 껴안고 분주하게 돌아가는 신생아실을 물끄러미 바라보았다.

여기 있는 아기들은 친구들의 울음소리를 제일 많이 듣

겠구나. 열무 분유 잘 먹는다고 칭찬하는 이샘의 다정한 목소리, 달그락 달그락 젖병에 분유 담는 소리, 냉장고 문 여닫는 소리, 쉭쉭 덜컥 에어컨 돌아가는 소리, 약 먹일 시간이라고 알려주는 알람 소리. 아기들이 세상에 나와 처음 듣는 소리다.

이샘이 다 먹인 젖병을 올려놓다가 바닥에 떨어트렸다. 놀라서 움찔하는 개똥이가 눈에 들어왔다. 개똥아, 내일은 난청 검사 패스하고 와라. 간절히 빌었다.

축복이를 침대에 눕히고 한숨 돌리자 복닥거리던 조리원의 하루가 금방 어둠에 묻혔다.

저녁 간식까지 먹은 산모들은 잠자기 전 모유 수유를 끝내고 각자 방으로 들어갔다. 아기들이 많아 돌아서면 개수대에 젖병이 가득 쌓인다. 젖병 소독 타이머를 돌리고 인계 준비를 서둘렀다.

밖에서 비명이 들렸다. 깜짝 놀라 후다닥 밖으로 나왔다. 미정 산모 방에서 나는 새된 소리가 조용한 조리원을 뒤흔들었다. 산모들이 다들 놀라 방문을 열고 내다보았다. 미정 산모 방으로 달려갔다. 미정이 잔뜩 겁먹은 얼굴로 목욕탕 문을 가리키며 계속 악을 썼다. 젖은 머리카락은 온통 헝클어져 산발이고 방 안도 난장판이라 발 디딜 틈이 없다. 제법 큰 바퀴벌레가 목욕탕 앞을 기어가다 문틈으로 들어갔다. 눈을 질끈 감고 욕실 슬리퍼로 바퀴벌레를 내려 쳤다. 파드득거리는 날개를 보니 소름이 끼쳤다. 움직이지 않는 걸 확인하고 휴지로 싸서 변기에 버렸다.

"바퀴벌레 싫어. 진짜 싫어. 다 죽어버렸으면 좋겠어."

소리소리 지르며 대성통곡하는 미정을 보고 있자니 기가 막혔다.

"잡았으니 걱정 마요."

오래된 건물이라 주기적으로 소독해도 그렇다고 달랬다. 미정의 격한 반응에 당황스러웠다. 기괴한 표정으로 웅크리고 있는 미정을 일으키려고 하자 술 냄새가 확 끼쳤다.

"아무 생각 하지 말고 좀 자요."

"잠이 안 와요. 선생님. 미치겠어요."

눈동자가 풀린 미정이 언제 울었냐는 듯 실실 웃으며 헝클어진 머리를 손으로 빗어 넘기고 침대에 털썩 누웠다. 잠시 서서 지켜보았다. 이불을 덮어 주려고 침대 난간 밑으로 떨어진 손을 올리다가 손목에 가로로 길게 난 상처를 보고 마음이 찌르르했다. 아기처럼 잔뜩 웅크리고 누워있는 모습을 보니 측은해서 한숨이 나왔다. 눈 좀 붙이라고 불을 끄자 깜깜하면 무섭다고 불 끄지 말라고 울먹였다.

나이트 근무자에게 미정 산모를 잘 지켜보라고 당부했다. 어수선한 하루라 빠트린 것이 없나 거실을 둘러보고 나서다가 현관에서 미정 엄마를 만났다. 조리하고 있는 산모라고 해도 될 만큼 젊어 보인다. 미정 엄마가 석 달 전 조리원 예약한다고 전화했을 때, 일면식도 없는 내게 황당하고 절박한 심정을 마구 쏟아놓았다.

"딸년이 글쎄 임신했대요. 미치고 팔짝 뛰겠어요. 아이고! 이 미친년이 배가 불러오는데도 모르고 속이 안 좋다해서 내과에 데려갔더니 산부인과로 가보래요. 6개월이 넘었대요. 몇 살이냐고요? 고등학생이에요. 혼자 뼈 빠지게 키워놨더니 이렇게 뒤통수를 치네요. 속에 불덩이가 들어있는 거 같아 환장하셨어요. 새끼 때문에 인생 망친 거나 하나로 끝날 줄 알았는데 이 미친년이⋯⋯."

그날 30분 넘게 전화통을 붙잡고 하소연하던 미정 엄마는 그 후에 조리원 예약하고 결국 출산하고 입실한 거였다. 축복이는 이샘이 붙여준 이름이다.

미정 엄마에게 바퀴벌레 사건을 말해 주자 한숨을 쉬며

하소연했다. 미정 엄마도 어린 나이에 미혼모로 아이를 키웠다고, 먹고 사느라고 늘 혼자 두었더니 동네 사람 아무나 따라가는 통에 잃어버릴 뻔한 적도 있다고 했다.

미정이 채팅방에서 만난 남자가 서른이 훌쩍 넘은 유부남이란 걸 알게 된 것도 임신한 것 때문에 알았다고 울분을 토했다. 엄마와 싸우고 집을 나간 미정이를 빨리 찾지 못한 게 천추의 한이라고.

"애도 둘이나 있는 놈이 어린애한테……. 그놈을 콱 죽여 버리고 싶어요. 근데 이 미친년이 그놈이 이혼하고 저한테 올 줄 알고 헛소리하고 있으니, 아직 정신을 못 차렸어요. 자식이 아니라 웬수예요."

"지난번에 조리원비 내준 사람인가요?"

"네에. 어디서 그런 날강도를 만났는지."

연신 눈물을 찍어내는 미정 엄마 얘기를 듣다 보면 날이 새도 모자랄 것 같아 퇴근을 서둘렀다. 미정이 불안해 보이니 지금은 아무 말 말고 그저 다독거려 주라고, 그래도 기댈 사람이 엄마밖에 없지 않냐고 말했다.

자정이 지난 시각, 딸아이 방에만 불이 켜져 있다.

"시언아, 그만 자야지."

방문을 열고 들어가도 모르는 걸 보니 보청기를 빼놓은 모양이다. 어깨에 손을 얹고 나서야 뒤돌아보며 싱긋 웃는다. 얼마 전 귀에 염증이 있어 항생제 주사를 맞았다. 보청기를 늘 끼고 있어 귀 뒤에 육아종이 생겼다.

"엄마, 많이 늦었네. 내일 아침 여섯 시에 깨워 주세요. 꼭이요."

"알았어."

"엄마, 나도 나중에 직장생활 할 수 있을까? 아침에 못 일어나면 어떡해."

시무룩한 표정으로 책을 덮는다.

"걱정 마. 엄마가 있잖아."

말은 그렇게 했지만 언제까지 딸 옆에 있어 줄 수 있을까 생각하니 마음이 울적하다.

이틀 동안 조리원 안팎을 샅샅이 뒤졌지만 없어진 제대는 찾지 못했다. 미정이 아이한테 관심을 보이지 않는 것이 그나마 다행이라고 생각했다. 미정이 아기를 영영 볼 수 없으니 정표로 제대라도 간직하고 싶다고 할까 봐 걱정되긴 했다. 이샘이 서랍 안에서 시커멓게 말라비틀어진 제대 하나를 들고 왔다.

"만약에 달라 하면 이거 줍시다. 지난번에 어떤 산모가 징그럽다고 안 가져갔는데 여차하면 써먹으라고 보관해 뒀지요."

"그래도 그건 좀…… 허긴 철딱서니 없는 걸 보면 제대가 뭔지도 모를 거예요."

의미심장한 웃음을 짓는 이샘을 보며 무언의 동의를 했다.

축복이 나가는 날이 정해졌다. 신생아실 주변을 무심하게 돌아다니던 미정이가 전날 새벽에 신생아실 유리창 너머로 아가들을 멍하니 쳐다보았단다. 나이트 근무자가 깜빡 졸다가 컴컴한 복도에서 산발한 채 신생아실을 들여다보는 미정 산모를 보고 너무 놀라 심장이 멎는 줄 알았다고.

"이샘, 축복이 내일 나가는 줄 아는지 어제부터 조용하네요."

"그니깐요. 지지배 예쁘게도 생겼지요. 축복아 너는 귀한 존재여. 사랑하고 축복한다."

이샘이 축복이를 안고 반들반들한 이마를 쓸어 넘기며 주문을 왼다.

"축복이는 어디로 간대요?"

"시설에서 데려간다고만 했지, 자세한 건 모르겠네요."

"미정이도 마음이 안 좋은 모양이에요. 며칠 전부터 방으로 갖다준 밥 손도 안 대나 봐요."

"그래도 엄마라고……."

잠자기 전 모유를 한 번 더 먹이기 위해 산모들 몇 명이 수유실에 앉아있다. 어떤 산모는 새벽에도 직접 수유하겠다고 유난을 떨지만 대부분 아침에 불러달라고 한다. 개똥이 엄마가 수유하다 말고 유축한 모유를 챙기고 있는 나를 불렀다.

"쌤, 개똥이 배꼽으로 도장 만들었어요. 이런 거 얼마나 해보고 싶었는데."

눈물 글썽이며 도장을 흔들어 보였다. 도장 안에 까맣게 말라버린 제대가 안개꽃 사이에 섞여 있다.

"와아! 멋지게 만들었네요."

아이를 기다리며 흘린 눈물이 안개꽃으로 활짝 피었다.

모유 수유하면서 도란도란 이야기하던 산모들이 방으로 돌아가고, 수유 쿠션과 아기 베개가 여기저기 흩어져 있는 걸 정돈하며 인계 준비를 서둘렀다. 복도에 켜진 환한 전등을 끄고 미등을 켜고 돌아서는데, 미정 산모가 휴게실 창문을 열어놓고 밖을 내다보고 있었다. 창문이 넓지 않아서 다행이라 생각했다.

신생아실로 막 들어가려 하는데 밖에서 누군가 문을 두드리다가 벨을 눌렀다. 깡마른 여자가 남자를 앞세우고 다짜고짜 밀고 들어오는 걸 막았지만 막무가내였다. 어느새 현관에 나와 있던 미정 산모가 남자를 보더니 잔뜩 겁먹은 얼굴로 서 있다 신생아실로 뛰어갔다. 이샘이 미정 산모를 못 들어가게 말렸다.

"아이를 데려가겠다고? 당신과 나, 우리 아이잖아. 저 여자하고 아무 상관 없는 아이야. 차라리 나 혼자 키울래. 당장 내 앞에서 꺼져, 개자식아!"

신생아실 문 앞에 주저앉아 발악하듯 소리치는 엄마의 목소리를 들었는지, 축복이가 자지러지게 울었다. 축복이라는 태명을 안겨준 이샘의 선견지명이 감탄스러울 지경이었다. 과연, 축복이었다.

몸이 회오리바람 속으로 빨려 들어가는 듯 휘청했다. 깜빡 졸다 눈을 떠보니 나와 함께 뒷자리에 앉아있던 은남이 내 발치에 거꾸로 처박혀 있다. 은남이를 일으키려다 경자가 급브레이크를 밟는 바람에 나도 앞 좌석에 머리를 부딪쳤다. 앞자리에 앉은 순영이 경자를 노려보며 고함을 질렀다.

"니 미쳤나? 커브 길에서 속도도 안 줄이고. 차 밖으로 팅겨 나갈 뻔했다 가시나야."

운전대를 잡은 경자는 친구들을 보며 깔깔 웃었다. 은남이 온통 헝클어진 머리를 감싸며 간신히 몸을 일으켜 의자에 앉았다.

"은남아, 머리 다친 거 아이가?"

은남이 손사래 치며 괜찮다고 했다.

"채경자, 공포영화 찍냐? 총알택시보다 더하네."

나는 경자를 째려보며 언성을 높였다. 경자가 능청스럽게 뒤를 돌아보더니 실실 웃으며 한마디 던진다.

"그라이께 내 차 타면 졸지 말고 정신 바짝 차리라 안켔나."

"가시나 문상가다가 우리가 황천길 가겠다."

다들 한마디씩 퍼부어도 경자는 빙글빙글 웃기만 한다.

5월은 행사가 많아 여기저기 다니느라 한 달이 금방 지나갔다. 월초에 시댁 조카 결혼식을 시작으로 가까운 지인들이 청첩장을 줄줄이 보내왔다. 먼 곳은 축의금만 보내기도 했지만, 고향 친구 혼사에는 빠질 수가 없어 지난달에도 순영이 딸 결혼식 때문에 친구들 얼굴을 잠깐 보았다. 당분간 친구들 만날 일이 없겠다 싶었는데 예기치 않게 현숙이 시어머니가 돌아가시는 바람에 문상가는 길이다. 친정엄마도 아니고 시모상이니까 안 가도 되지 않겠냐고 경자에게 물었다가 잔소리를 한참 들었다. 남의 집 경사는 못 가도 욕을 덜 먹지만 애사에는 가보는 게 인간의 도리라고 해서 꼼짝없이 따라나섰다. '인간의 도리 그거 누가 정한 건데' 하며 반박하고 싶어도 오지랖 넓은 경자를 아는지라 입을 다물었다.

고향 언저리에 사는 친구들은 이런저런 모임이 많은 것 같았다. 동네 친구 모임, 초, 중, 고등학교 모임이 따로따로라 이팀 저팀 뭉쳐서 자주 만난다고 했다. 경자는 모임마다 직책을 맡고 있어 달구벌의 마당발이다. 친구들 사이에 해결사로 통하는 경자는 찾는 사람이 많아 별명이 채반장이다. 나는 어쩌다 동창회 한두 번 참석한 게 다였는데 동창회 총무가 각종 행사 안내, 부고, 청첩장을 수시로 보냈다. 나는 기억도 나지 않는 동창들의 대소사를 알고 싶지도 않고 관심도 없었다. 그래도 고향 친구들과 끈을 놓고 싶지 않아 독수리 5형제만큼이나 끈끈한 이 모임만은 꼭 참석하려고 노력한다.

"현숙이가 시어머니 오랫동안 모시고 살았잖아. 근데 왜 장례는 거창에서 치르는 거야?"

나는 대구에서 장례를 치르는 줄 알고 내려왔는데 거창까지 간다는 게 의아해서 물었다.

"숙이가 막내며느린데 시어머니가 며느리 착한 거 알고 무작정 막내아들하고 살고 싶다고 쳐들어왔잖아. 10년 넘게 모셨을걸. 뇌졸중으로 쓰러져 병수발 다하고 돌아가실 때쯤 되니까 큰아들이 장남 노릇 한다고 몇 달 전에 모시고 갔어. 재산 때문에 머리 쓴 거지 뭐. 잘 오지도 않는 아들 못 잊어서 그 할매가 맨날 큰아들 이야기만 하더니 가신 지 얼마 안 돼서 돌아가셨네."

경자는 친구들의 사정을 속속들이 알고 있다. 친구들 모두 공감하는 부분이 많아서인지 현숙이의 고단했던 지난 시간을 이야기하며 열을 냈다.

"우리는 예전에 학교에서 교육 잘 못 받았다 아이가. 효행상 주면서 부모님께 효도하라고 얼마나 강조했노. 세뇌당해서 경자는 시할머니까지 모시고 살았잖아."

순영이가 핏대를 세우며 말했다.

"맞다. 그놈의 효행상이 문제였네. 시댁, 친정 노인들 챙기다 좋은 세월 다 갔다."

경자가 순영이 말에 맞장구를 쳤다. 말하는 게 야무진 순영이는 입바른 소리도 잘하지만 궂은 일도 발 벗고 나서는 의리파다. 몇 년 전 시골로 이사 간 순영이도 시어머니가 수시로 오시는 바람에 스트레스가 많다고 했다. 싫어도 싫다 소리 못하고 버거워도 안 된다는 소리 못하는 애들이다. 착한 여자 콤플렉스는 오랫동안 켜켜이 쌓인 견고한 퇴적층이라 시대가 바뀌어도 좀처럼 벗어날 수 없는 모양이다.

"순영아, 요새 할매들하고 잘 놀고 있나?"

경자가 물었다. 순영이가 할 말이 많은 듯 얼른 말을 받았다.

"할매들 때매 내가 웃고 산다. 팔십 살 먹은 할매 있다 했잖아. 괴팍해서 다른 할매들하고 맨날 싸운다고. 며칠 전에 할매 얼굴하고 팔에 여기저기 상처 나서 엉망인 거라. 우짜다 그랬냐고 물었더니 장닭이 횟대에 올라가 있다 암탉 모이 주는 할매를 공격했대. 장닭 욕을 엄청 하시더라구. 다음 날 걱정돼시 할매 집에 일찍 가봤더니 장닭이 안 보이는 거야. 장닭 어디 갔냐고 물었더니 발가벗고 냉장고에 누워있다고 저녁에 백숙 먹으러 오라 하대. 그 장닭이 아침마다 온 동네 사람 깨우는 기상나팔이었는데 할매 성질 건드려서 골로 갔지 뭐."

장닭의 모가지를 비틀었을 할머니와 발가벗은 닭의 최

후가 상상이 되어 나는 얼굴을 찌푸렸다.

'생활 지원사'라는 일자리가 있다는 걸 순영이를 통해서 처음 알았다. 일상생활이 어려운 노인들에게 적절한 돌봄 서비스를 제공하고 기본적인 생활을 할 수 있도록 돌봐드리는 일이라고 했다. 거동이 불편하면 일상 생활하는 것도 도움을 주지만 건강관리를 위해 약 복용도 도와주고 간단한 운동도 함께 하면서 건강 상태를 주기적으로 관찰하고 기록한다고 했다.

활달하고 정 많은 순영이에게 딱 맞는 직업이다. 나이 예순이 된 친구들이 열심히 경제활동하고 사는 걸 보면 세상이 많이 달라졌다는 생각이 든다. 경제적으로 넉넉하지 않아서 다들 일을 놓지 못하는 부분도 있지만 어찌 되었든 일을 한다는 건 건강하다는 증거이다.

"순영아. 니는 할매들 보는 거 안 지겹냐? 늙으면 남의 말도 안 듣고 고집만 쎄잖아."

시할머니까지 모시고 살았던 경자가 노인들 이야기만 나오면 고개를 절레절레 흔들었다.

"내 담당은 일흔, 여든 넘은 할매들 다섯 명이거든. 얌전한 할머니도 있고 성질도 걸걸하고 욕심 많은 할매도 있다. 노인들 대부분 혼자 산다. 할매들이 사람 정이 그리우니까 서로 잘해 줄라꼬 경쟁하는 바람에 내가 피곤해 죽겠다. 칼국수 해놓고 기다린다고 오라는 할매가 있으면 잔치국수 해준다고 자기 집에 오라는 할매도 있어. 자식들이 있어도 잘 안 오니까 다들 외로븐기라.”

순영이는 초등학교 때 오락 반장을 도맡아 했다. 말도 재미있게 하지만 여러 사람을 한데 어울리게 하는 재주가 있었다.

“나는 노인들 징글징글하다.”

경자가 깊은 한숨을 쉬며 그동안의 고충을 털어놓았다. 아흔아홉까지 사신 시할머니, 시부모님 다 돌아가시고 한시름 덜었다 했더니 이제 남편이 속을 썩인다고 팔자타령을 했다.

“경자야 노인들 모시고 사느라 애썼다. 사실 노인들 상대하는 일이 쉬운 게 아이더라.”

순영이가 말끝에 한숨을 쉬었다.

“내 뭐라카드노. 그 일 하지 말라고 말렸잖아.”

“시골이라 일자리가 별로 없다 아이가. 글고 내가 잘 할 수 있는 일이고."

"와아, 뭔 일 있었나? 참 지난번에 난리 났던 얌전이 할
매 우예됐노?"

경자는 뭔가를 알고 있는 듯 순영이에게 물었다.

"얌전이 할매 결국 요양원 가셨다. 할매가 귀가 잘 안 들
려서 그런지 진짜 조용한 양반이었거든. 근데 작년부터 나
만 가면 물건 없어졌다고 맨날 찾고, 자식들 전화번호도
갈 때마다 물어보는 거야. 한날은 패물이 몽땅 없어졌다고
난리가 났어. 생전 안 오던 할매 딸까지 와서 의심하는 눈
초리로 물어보는데 기가 막히더라. 할매가 맨날 보따리 쌌
다 풀었다 하는 걸 많이 봐서 딸하고 샅샅이 찾아봤지. 먼
지가 뽀얗게 앉은 빈 항아리에 패물을 넣어놨더라. 나를
도둑 취급하던 할매 딸 그 눈빛에 상처 마이 받았다. 할매
가 요양원 안 간다고 나를 붙잡고 울고불고 매달리는데 마
음이 아프더라. 한동안 그 집 앞을 못 지나다녔어."

졸고 있는 줄 알았던 은남이 하회탈 같은 눈으로 앞자리
에 앉은 순영이 어깨를 토닥이며 말을 건넨다.

"순영이 힘들었겠네. 그래도 니 좋은 일 한다야."

경자가 갈림길에서 멈칫하더니 그냥 직진으로 가버렸다.

"야, 니 지금 어디로 가고 있노? 내비 말 못 들으면 조수 말이라도 들어야지. 우측으로 가라 했잖아."

순영이 목소리가 한 옥타브 올라갔다.

"그니까 빨리 말해줘야지. 너 때매 돌아가게 생겼다."

"지랄, 이런 걸 적반하장이라고 한대이."

둘이 깔깔대며 웃다가 금방 또 티격태격하는 게 마치 애들 같다.

은남이 보온병에 담아온 커피와 삶은 고구마를 앞자리에 앉은 순영이에게 건네며 싸우지 말라고 말한다.

"길이 헷갈리게 생겼네. 좀 천천히 가지 뭐."

"에구 답답해. 요새 내비 못 보는 사람이 어딨노."

순영이 어깨를 툭툭 치며 그만하라는 신호를 보냈나. 언성이 높아질까 봐 나는 마음이 불안했다.

경자 남편은 운전을 못한다고 했다. 차만 끌고 나가면 사고를 치고 오는 바람에 무서워서 운전대를 못 잡게 했단다. 운전은 오롯이 경자가 하고 다녔는데 남편이 옆에 앉아서 내비게이션처럼 시시콜콜 길 안내를 잘해줬던 모양이다. 그게 습관이 되어 내비게이션을 안 보고 운전하는 게 버릇이 되었다고. 장거리를 갈 때마다 경자와 순영이가 오늘처럼 토닥거렸다. 경자는 장거리 운전도 빼는 법 없이 늘 본인이 하겠다고 나섰다.

은남이 고구마를 까서 건네주었다. 먹기 좋은 크기의 호박고구마다. 따뜻한 커피도 잔에 가득 담아 마시라고 권했다. 커피도 친구들 기호에 맞게 두 가지를 준비한 모양이다.

"일찍 나오면서 고구마는 언제 이렇게 구웠노. 아까 부딪친 머리는 괜찮냐?"

호박고구마를 한입 베어 물고 은남에게 물었다.

"머리가 좀 멍한데 괜찮겠지, 바깥바람 쐬니까 좋다야. 요즘 식당에 일손이 부족해서 쉬지도 못했거든."

은남이 눈이 더 커져서 퀭해 보였다.

"너그 식당 주인 못 쓰겠더라. 그렇게 부려 먹으면서 월급은 하나도 안 올려주고."

경자가 은남이 속사정도 훤히 아는 듯 식당 주인 흉을 봤다.

"식당 일이 고되이께 사람들이 붙어있질 않는다. 그라

고 사람이 나가도 뽑지도 않고.”

늘 괜찮다고만 하던 은남이 모처럼 속내를 내비쳤다.

“참 영주야, 딸내미 애기 많이 컸겠네. 이제 놀이방 보내냐?”

“아니, 아직. 두 돌 지났으니까 이제 보내려고. 우리 딸이 별나서 놀이방 여기저기 찾아보느라 시간이 걸리네. 저그 엄마 힘든 건 모르고.”

“영주는 좋겠다. 손주까지 보고. 요즘 애들이 결혼할 생각을 안한다 아이가. 우리 집에도 시커먼 놈 하나가 연애는 고사하고 집 밖에도 안 나간다.”

경자가 하소연하자 순영이도 덩달아 모태솔로인 딸이 걱정이라고 했다. 친구들 중에 경자가 제일 먼저 결혼했으니 아들 나이가 서른 후반은 되었을 텐데……. 나는 딸이 조금 일찍 결혼한 것 때문에 속상했다. 힘들게 공부해서 취업하고 곧바로 결혼해 아이까지 있어서 그맘때 젊은 이들이 누리는 자유를 하나도 못 누리는 것이 안쓰러웠다. 딸이 육아휴직을 끝내고 다시 직장으로 돌아가자 육아는 고스란히 내가 떠안게 되었다.

은남이 양손으로 관자놀이 부위를 꾹꾹 누르며 인상을

쓴다.

"야, 너 아까 머리 부딪친 거 때매 안 좋은 거 아이가?"

"아이다. 내 원래 편두통 있거든. 약 가져온다는 걸 깜빡했다."

은남이는 만날 때마다 피로에 지친 얼굴이다. 오늘도 여전히 졸린 듯한 눈이라 잠이라도 자라고 일부러 말을 걸지 않고 조용히 있었다. 은남이 바닥에 있는 가방을 들어 올리다가 손목이 아픈지 움찔한다. 식당에서 무거운 그릇을 나르다 보니 손목 인대가 늘어나 통증이 심한데 치료받아도 소용이 없다고 했다.

은남이 남편은 좀 이른 나이에 회사를 그만두고 지금은 딱히 하는 일이 없는 듯했다. 그런 상황에서도 군소리 한마디 없는 은남이 때로는 답답해 그렇게 바보 같이 살지 말라고 친구들이 잔소리를 퍼부었다.

은남이 가방에서 쫀드기를 꺼내 흔들어 보였다. 어릴 때많이 먹었던 추억의 과자다. 은남이 가방 안에서 간식이 줄줄이 사탕처럼 딸려 나온다. 문상가는 게 아니라 소풍가는 분위기다. 하긴 친구 시어머니 문상이야 우리한테는 가벼운 나들이일 수밖에 없지 않겠는가. 그것도 친구를 힘들게 했던 양반이었으니.

벚꽃이 지고 나니 이팝꽃이 그 자리를 차지했다. 거리
마다 솜사탕같이 하얀 꽃이 눈길을 사로잡는다. 봄은 어느
날 성큼 다가와 기웃거리더니 빠른 속도로 지나가고 있다.
차 안 공기가 텁텁해 창문을 활짝 열었다. 5월의 햇살은 따
갑지만 바람은 시원하다. 상쾌한 바람에 찌뿌둥했던 몸이
가벼워지는 것 같아 창밖으로 손을 내밀어 기지개를 켠다.

"경자야, 니 요번에 평해 학우회 회장 됐다며? 총무 맡
은 것도 몇 개나 있으면서 우짤래?."

"화장실 갔다 오이께 저끼리 회장으로 뽑아놨네. 억지
로 떠맡았다. 요새 문구점도 잘 안돼서 월급도 깎이고 투
잡을 뛰어야 하나 고민이 많은데."

순영이와 경자가 도란도란 이야기 나누는데 문구점 안
된다는 말이 걸렸다.

"문구점도 코로나 때 힘들었겠다. 너 거기서 진짜 오래
일했제?"

한 곳에서 오래도록 일하는 경자의 성실함과 무던함이
새삼 놀라워 물어보았다.

"그래, 코로나 심할 때는 월급도 못 받았다. 다른 일자리 찾아볼라 했는데 붙들어서 이러고 있다. 요새 좀 나아지긴 했는데 그래도 장사가 예전만 몬해서 걱정이다."

경자는 친구들과 워낙 잘 어울리고 궂은일에도 발 벗고 나서는 친구라 그런 고충이 있었는지 몰랐다. 본인이 편안해야 남도 챙길 수 있다고 생각했다. 무슨 모임이 저렇게 많나, 지 몸이나 챙기지 하는 생각이 들어 때로는 잔소리까지 했었다.

경자의 마당발 진가를 확인한 건 경자어머니 장례식 때였다. 오래전이라 장례식장이 아니라 집에서 장례를 치렀는데 마당에 꽉찬 문상객들 대부분이 우리 친구들이었다. 그것도 남자 동창들이 검은 옷을 입고 마당에 진을 치고 앉아있었다. 동네 어른들이 지하조직 사람들이 쫘악 깔린 줄 알았다며 눈이 휘둥그레져 쳐다보았다.

"경자 저그 뭐하고 댕기는데 머시마들이 저래 마이 왔노. 가시나 희안하대이."

친척들이 혀를 끌끌 차며 수군거리는 걸 듣고 웃지 않을 수 없었다. 초상집이 아니라 동창회처럼 시끌벅적하고 화기애애하기까지 해서 분위기가 묘했다.

경자 어머니는 팔십 넘어 노환으로 돌아가셨다. 그때 그런 생각을 했었다. 장례식에서 슬퍼하지 말고 이렇게 평온하게 가벼운 마음으로 이별하면 좋겠다고.

"가시나야, 절로 들어가라 켔자나."

순영이 버럭 하는 소리에 멍때리고 있던 은남이가 어리둥절해서 쳐다보았다.

"저쪽으로 가면 무슨 절이 있는데, 니 말 똑띠 해라이."

성질 급한 순영의 핀잔에 경자가 웃으며 맞받아쳤다. 그제야 사태를 파악한 은남이가 빙그레 웃었다.

경자가 거창 들어가는 길목에서 헷갈렸나 보다. 고향 사투리는 억양이 강하고 악센트가 있어 귀에 콕콕 꽂힌다. 툭툭 던지는 어투 때문에 싸우는 것처럼 들린다.

열 살 전후였을까? 봄볕에 얼굴이 새까맣게 그을리는 줄도 모르고 담벼락 옆에 앉아 공기놀이하던 어린 경자, 은남, 순영이 언뜻 떠올랐다. 재잘대며 티격태격하던 모습. 저것들이 하나도 안 변했네 하며 웃고 만다.

볼이 통통하고 발그레한 경자는 동안이라 세월의 화살을 비껴간다고 친구들의 부러움을 사곤 했다. 그런데 요즘 생기가 없어졌다. 얼마 전부터 목이 가려워 자주 긁었더니 울긋불긋하고 거북이 등가죽처럼 딱딱해져 약을 먹어도 나아지지 않는다고 경자가 한숨을 쉬었다. 걸핏하면 버럭 하는 걸 보면 화병인가 싶기도 하다.

경자는 나와 사촌지간이다. 경자 아버지와 우리 아버지는 장남과 막내라 나이 차가 많이 난다. 큰어머니가 마흔 다섯에 낳은 딸이 경자였다. 혹시 아들일까 싶어 낳았더니 딸이라 죽으라고 밀쳐두었는데, 우리 어머니가 살렸다고 집안 어른들이 말했다.

그때 나는 어머니 배 속에 있었단다. 어머니가 큰형님이 몸 풀었다는 소식을 듣고 배냇저고리 만들어서 보러 갔더니 핏덩이 신생아를 씻기지도 않고 윗목에 밀쳐두어 깜짝 놀랐다고 했다.

"형님, 야도 한세상 살라꼬 태어났는데 이라면 죄 받십니더."

어머니가 까마득한 큰동서한테 쓴소리했다고 한다. 그리고 갓난쟁이를 씻기고 입혀 며칠 동안 돌봐 주었다는 것이다. 친척들은 경자만 보면 작은엄마 때문에 세상 빛 본 줄 알라고 장난처럼 말했다. 그런 말을 듣고도 빙그레 웃기만 하던 경자였다.

초등학교 3학년 때였을까? 학교에서 가을 운동회를 크게 한 적이 있었다. 어머니들이 만국기가 펄럭이는 운동장으로 삼삼오오 들어오자 친구들은 각자 자기 엄마를 찾아 반갑게 맞이했다. 한복을 곱게 차려입은 어머니들 사이에 쪽진 머리에 색이 바랜 한복을 입고 얼굴에 주름이 많아 호호 할머니 같은 경자 어머니가 눈에 확 띄었다. 경자는 엄마를 발견하자 환하게 웃으며 달려가 반갑게 맞았다. 내가 얼굴이 붉어져 두 사람을 쳐다보았다. 만약 경자 어머니가 우리 엄마라면 초라한 모습이 부끄러워 선뜻 나서지 못했을 거라는 생각이 들었다. 그날 이후 경자는 내게 친구가 아닌 믿음직한 큰언니였다.

그것 말고도 경자는 늘 어른스러웠다. 예닐곱 살 때도 부뚜막에 올라가 자기 몸보다 더 큰 솥난지에 얼굴을 박고 조막만 한 손으로 밥풀이 묻은 솥단지를 야무지게 씻었다. 설거지와 빨래는 물론 집안일을 톡톡히 해내는 경자가 대단해 보였다.

뭐든지 다 잘하는 걸로 믿었던 경자한테 내 머리를 맡긴 건 재앙이었다. 단발이었던 머리가 목덜미를 덮어 어중간해진 걸 보고 경자가 잘라주겠다고 큰소리쳤다. 경자가 할 수 있을까 의심스러웠지만 경자는 뭐든지 다 잘하니까 하고 용감하게 머리를 맡겼다. 시작은 좋았다. 어른들이 머리 자르는 걸 보았는지 준비는 그럴싸했다. 볕에 달궈진 뜰에 앉혀놓고 큰 보자기를 꺼내와 내 어깨 위에 둘렀다. 큰어머니 방에서 가져온 거울까지 내 앞에 떡하니 세워놓고 바느질 상자에서 가위를 꺼내왔다. 가위가 크고 투박해서 조금 무서웠지만 뭐든지 잘하는 경자 아니던가. 불안한 마음을 가라앉히고 눈을 감았다. 왼쪽 머리카락이 싹둑 잘려 나가는 소리에 놀라서 실눈을 뜨고 거울을 보았다. 오른쪽도 똑같이 자를 거니까 걱정하지 말라며 경자가 생글생글 웃었다. 오른쪽 머리카락이 뭉텅 잘려 나가자 머리카락 길이가 짝짝이가 되었다. 불안해서 눈이 왕방울만큼 커진 내 표정을 거울로 확인한 경자가 자기만 믿으라고 웃으며 말했다. 오른쪽 왼쪽 번갈아 가며 머리카락 길이를 맞춰 보려 해도 거울에 비친 내 얼굴은 한쪽으로 기우뚱했다. 나는 울고 싶은 걸 꾹꾹 누르고 잠자코 앉아있었다. 그나마 쥐가 뜯어 먹은 듯 들쑥날쑥한 뒷머리는 보이지 않아서 다행이었다.

머리카락이 점점 짧아져 양쪽 귀가 드러났다. 자꾸만 깔깔 웃던 경자 얼굴에도 당황한 기색이 역력했다. 바닥에 널브러진 머리카락을 보자 눈물이 왈칵 쏟아졌다. 삐뚤빼뚤해진 거울 속의 내 모습을 보니 앞이 캄캄했다. 어찌 해 보려고 또 가위를 들이대는 경자를 뿌리치고 집으로 돌아왔다. 그렇지 않았으면 내 머리카락이 정수리까지 잘려 나갔을지도 모른다.

내 머리를 보고 화가 난 어머니가 등짝 스매싱을 사정없이 날리고 미장원으로 나를 끌고 갔다.

"세상에, 아를 누가 이래 놨노? 폭탄 맞은 거 맹키로."

미장원 아주머니가 내 머리를 뒤적거리며 한참을 구시렁거렸다. 동네 아줌마들이 우르르 몰려와 모두 한마디씩 거들었다.

"경자 그놈 가시나. 겁대가리도 없다. 지난번에는 동네 조무래기들 멱 감으러 가자고 꼬셔 강에 델꼬 가 클 날 뻔했잖아. 인자 하다하다 영주 머리까지 수세미 만들어 놓고 참말로 별나대이."

혀를 끌끌 차며 걱정해 주는 듯했지만 실실 웃는 아주머니들을 보니까 눈물이 쏘옥 들어갔다.

"영주야, 니는 얼굴이 동글동글해서 머리가 짧아도 귀여블기다. 아줌마가 이쁘게 해주께."

미장원 아주머니의 위로가 하나도 귀에 들어오지 않았다.

나는 경자가 꼴도 보기 싫었다. 경자와 다시는 놀지 않을 거라고 다짐했지만 그 결심은 며칠 가지 않았다. 동네 친구들은 재미있는 경자 주변에 몰려 있어서 외톨이가 되지 않으려면 어울릴 수밖에 없었다.

경자와 순영이가 길 안내 때문에 옥신각신하는 사이 차가 드디어 거창으로 들어섰다. 거창은 덕유산, 가야산, 지리산 등 3대 국립공원으로 둘러싸여 있어 지리적으로 외부에서 쉽게 접근하기 어려웠다. 세속에서 멀리 떨어진 도시처럼 느껴졌다. 위쪽 지방은 이팝꽃이 한창이었는데 이곳은 한 발짝 늦은 봄이 화사한 연둣빛으로 머물러 있다. 창문을 활짝 열자 시원한 바람이 차 안으로 훅 밀려 들어와 나른함이 싹 달아났다.

장례식장에 도착하니 현숙이가 근심 어린 얼굴로 입구에 서 있었다. 반가워서 손을 맞잡고 조용조용 인사를 나누었다. 안이 시끌시끌해 선뜻 들어가지 못하고 머뭇거리다 현숙이 뒤를 따라 들어갔다. 조의금은 함에 넣지 말고 친구한테 직접 주라고 경자가 미리 일러주었다. 힘든 일은 막내며느리에게 떠넘기고 재산에는 욕심을 부리는 상주들은 어떤 얼굴을 하고 있을까 내심 궁금했다.

초췌한 얼굴로 문상객을 맞이하던 현숙의 남편이 먼 길 와줘서 고맙다고 깍듯하게 인사했다. 상갓집 음식은 어디를 가나 메뉴가 비슷하다. 전 몇 가지, 수육, 도라지무침, 코다리조림, 그리고 육개장. 배는 고픈데 딱히 먹고 싶지 않은 상갓집 음식이다.

구석진 자리를 찾다 보니 상주들 가까이에 앉게 되었다. 비슷한 얼굴의 삼형제가 한 상에 앉아 늦은 점심을 먹는 모양이었다. 그런데 분위기가 좋지 않았다. 애써 누르고는 있지만 형제들의 얼굴에 불만이 가득했다. 이 집도 장남만 싸고도는 시어머니 때문에 형제간에 갈등이 있다고 현숙이한테 들었던 터라 짐작이 되었다. 자식들에게 사랑이든 재산이든 공평하게 나눠주는 게 쉽지 않았던 모양이다. 인간은 못 받아서 억울하기보다 공평하지 않은 것에 더 화를 낸다.

현숙이의 체면을 생각해 상갓집에서 잠시 머물렀다 돌아오는 길은 한결 마음이 편했다. 내비게이션을 못 보는 경자 때문에 옆에서 시시콜콜 길을 알려주어야 하는 순영이는 투덜거리면서도 경자와 티키타카가 잘 되는 '깐부'다. 두 친구가 나누는 대화를 듣고 있으면 주변 사람들 챙기느라 자기 생활은 없어 보인다. 참 오지랖 넓은 것도 팔자구나 싶다.

경자는 친구이기 전에 사촌 언니인데 무심했던 거 같아 형부의 안부를 물었다.

"형부는 좀 어떠셔? 일은 하고 계시는 거야?"

"나가서 지 약값이라도 벌어오라 했디만 지랄, 서 있는 트럭에 부딪혀서 다리 뿌러졌자나. 사고뭉치라 내가 몬산다."

"다치셨어? 몰랐네. 왜 말 안 했어?"

나만 모르고 있었던 거 같아 볼멘소리로 말했다.

"한두 번도 아인데 뭘 일일이 말하냐. 그래도 안 짤리고 얼마 전부터 다시 출근한다."

"다행이네. 형부 살린 사람이 언니잖아. 그니깐 끝까지 책임져야지 뭐."

"나는 인자 남편하고 절대 같이 못 잔다. 죽고 나서 확인하는 게 낫지. 잔다고 누워있던 사람이 갑자기 얼굴이 새파랗게 변해 숨을 못 쉬는데 아이고, 생각만 해도 끔찍하다. 8년이 넘었는데 그때 생각만 하면 아직도 가슴이 벌렁거린다."

"근데 니 심폐소생술은 어디서 배웠노?"

"배우기는 그냥 방송에 나오는 거 본 적 있어 급하니까 해봤지."

은남이 경외의 눈빛으로 말하자 경자가 심드렁하게 대답했다.

"구급대원들이 이미 심정지가 와서 예후가 안 좋을 거라 카더라. 석 달 넘게 안 깨어나이께 심폐소생술 하지 말걸 그랬나 후회가 되더라."

그런 생각이 들 만도 했다. 그때 형부는 실직한 상태라 경자가 가장이었다.

"중환자실에서 죽을 고비 몇 번 넘겼다. 한번은 환자가 위독하다고 보호자 부르는데 앞이 캄캄하더라. 만나야 할 사람 있으면 다 불러라카대. 시아버지가 병원 복도에 고개 푹 숙이고 앉아있는데 보이께 열이 탁 받는기라. 그래서 버럭 소리를 질렀어. 이놈의 집구석 조상들은 사람 델꼬 갈라마 순서대로 델꼬가야지 젊은 걸 와 벌써 델꼬 간다고 난리냐고. 시아버지는 암말도 못 하고 눈물만 뚝뚝 흘리대. 원래 시댁은 장수하는 집안이라 구십 넘은 시할머니도 짱짱하셨거든."

"야, 나 같으면 울고불고했을 건데 그 상황에 화가 날 수도 있구나."

은남이 경자를 보며 감탄하는 얼굴로 말했다.

"이 꼴 저 꼴 다 보고 살면 절망할 틈도 없이 오기가 생긴다 아이가."

경자의 다부진 성격은 유년 시절부터 익히 봐왔던 터라 경자다운 방법으로 힘든 시간을 건너왔구나 싶었다.

"은남아, 요즘 너그 식당은 어떠노? 요새 우리 문구점은 너무 안돼 문 닫을 판이다. 장사도 안 되는데 사장은 맨날 처돌아 댕기고 속터진다."

"우리 식당은 횟집이라 여름 빼놓고는 장사 잘됐는데 후쿠시마 오염수 방류한다카이 골치 아파서 업종을 바꾸까 우짜까 하더라."

"이러다 내년에 해외여행 가것나? 다들 상황도 안 좋고."

순영이가 경자와 은남이를 번갈아 쳐다보며 말했다.

"먹고 사는 게 퍽퍽한 사람은 긴 여행 몬 간다. 팔자 좋은 너그들이나 갔다 온나."

경자의 자조적인 말에 욱한 순영이가 쏘아붙였다.

"가시나 뭐라카노. 5년이나 기다렸는데. 무슨 일이 있어도 꼭 가자."

"그라고 보이께 순영이 직장이 젤 좋네. 망할 일도 짤릴 일도 없자나. 순영아, 동네 어르신들 잘 챙겨라. 노인들 없으마 일자리 없어질 거 아이가."

경자가 실실 웃으며 순영이를 건드렸다.

"걱정 붙들어 매라. 우리 동네 노인들 천지삐깔이다. 자식들한테 다 퍼주고 힘들게 사는 노인들이 많아서 그렇지."

순영이 말에 모두 웃었지만, 노후 준비란 단어조차 생소하게 들릴 우리 부모님들을 생각하면 우리들의 미래도 준비하지 않으면 별반 다르지 않을 거라는 염려가 앞선다.

베이비부머 세대인 우리는 독특한 세대라 부모한테 받은 것도 없고 부모님들 또한 먹고살기 바빠서 자산을 축적

168

하고 나이가 든 게 아니라 노후 준비가 안 되어 있다. 그래서 부모를 사적으로 봉양해야 하는 짐을 지고 있을 수밖에 없다. 자식한테는 아낌없이 투자해 뒷바라지했지만 정작 자식들한테 아무것도 바라면 안 되는 처지이다. 고향 친구들만 보아도 대부분 노후를 위해 퇴직하고 나서도 일해야 한다는 강박을 가지고 있다. 이 세대가 짊어진 짐이니까 운명으로 받아들여야 한다지만 참 씁쓸한 일이다.

쭉쭉 잘 달리던 차들이 속도가 느려진 걸 보니 동대구 톨게이트가 얼마 남지 않은 모양이다. 마음 편히 먼 길 다녀올 수 있는 친구들이 있어서 참 좋다는 생각을 하고 있는데 은남이가 내 팔을 붙들고 창밖을 가리키며 탄성을 질렀다.

"야, 노을 좀 봐라. 너무 이쁘다."

서쪽 하늘이 온통 감홍빛으로 물들어 눈이 부셨다. 종일 환했던 빛은 내일을 위해 안으로 거둬들이는 저 순간이 빛의 본모습인 것처럼 숨죽이게 아름다웠다. 노을에 반해 창밖에 정신이 팔려있는 동안 차는 도심으로 접어들었다. 은남이 제일 먼저 내려야 하는데 친구들 준다고 이것저것 챙겨오느라 짐이 많았다. 정신없이 은남이 내리고 곧이어 순영이도 내렸다.

차가 역이 아닌 다른 방향으로 가고 있었다.

"언니야, 나는 역에 델따 줘야지. 어데로 가는데?"

"영주야, 마 자고가라 늦었는데."

경자가 붙들었다.

"애 봐야지. 내가 안 가면 내일 딸 출근도 못 한다."

"딸내미한테 반찬 내라 해."

경자가 단호하게 말했다. 안 된다고 역으로 가자고 말해도 경자는 들은 척도 하지 않았다.

창문을 활짝 열자 바람이 한꺼번에 차 안으로 밀려들었다. 기분 좋은 봄바람에 마음을 내려놓으니 일상의 무게가 가볍게 여겨졌다.

"그래, 까짓것 자고 가지 뭐. 더 어두워지기 전에 고향 언저리 강이 보이는 데 가보자."

"좋았어. 고고씽이다."

딸한테 문자를 보냈다. 휴대폰은 무음으로 돌렸다.

경자가 내비를 다시 찍고 도시 외곽으로 차를 몰았다. 노을은 어느새 붉은 기운만 남기고 사라졌다.

305

검은 새

도치 한 마리를 도마에 올린다. 꼬리를 향해 내리친 칼이 툭 튕긴다. 날이 무뎌진 칼을 가위 안쪽에 대고 쓱쓱 문질러 날을 벼린다. 부엌 창으로 들어온 햇살에 칼날을 비춰본다. 예리하게 날 선 칼이 푸르게 반짝인다. 자르다 만 도치 꼬리를 단칼에 날려버린다. 지느러미까지 자른 후 개수대에 내려놓으려던 도치를 다시 도마에 올린다. 뭉툭한 입을 댕강 자르자 부릅뜬 생선 눈알이 튀어나올 것 같아 움찔한다.

그래, 너한테는 유감없어. 서럽도록 큰 도치 눈을 피하며 미끈거림이 남아 있는 손을 수돗물에 씻는다. 찬 기운이 손끝을 타고 온몸으로 퍼지자 정신이 번쩍 든다. 회도 뜨고 알탕까지 끓이려면 세 마리는 있어야 한다. 또 한 마리를 도마에 올린다. 이번에는 능숙한 손놀림으로 꼬리와 지느러미를 자르고 머리의 반을 넉넉히 잘랐다.

박스 안에는 도치 몇 마리가 더 들어있다. 손이 큰 시누이가 많이도 보냈다. 남편이 도치 타령을 해대니 매년 이맘때 시누이가 생선을 보내준다. 오전에 내담자가 있어 상담하고 있는데 시누이에게서 전화가 왔다. 상담 중이라고 문자를 보냈지만, 10분 간격으로 휴대폰 진동벨이 울렸다. 성질이 급해서 말보다 행동이 먼저인 건 천 씨네 형제들 특징이다. 상담을 끝내고 시누이에게 전화를 걸자 대뜸 하는 말이 예상을 빗나가지 않는다.

"지금 몇 신데 이제 전화해. 심퉁이(도치) 보냈으니 저녁에 동생 알탕 끓여주라고. 수놈은 숙회로 먹는 거 알지? 으이구!"

"형님, 잘 먹을게요. 고맙습니다."

전화를 끊으며 고마운 마음이 달아나게 하는 방법도 여러 가지라고 혼자 중얼거렸다.

택배기사가 경비실에 맡겨놓은 물건이 하나 더 있었다. '천사의 집'에서 남편에게 보낸 고구마였다. 예전에 수도

원 원장 신부님이 '천사의 집' 홍보 차 성당에 들른 적이 있었다. 수녀님, 선생님들이 중증 장애아들 돌보면서 겪은 애환을 구구절절 풀어놓자, 신자들이 감동해 너도나도 후원에 나섰다. 나도 그때 매달 후원하는 약정서를 썼고 몇 년간 하다가 그만두었다. 그때만 해도 신부님 말씀은 나와 거리가 먼 이야기였다. 강론 들으며 아들이 건강하고 착하다는 사실에 그저 감사한 마음이었다. 소소한 것들로도 행복을 느끼며 살던 때가 있었다. 그 일이 있기 전에는.

천사의 집에서는 왜 갑자기 고구마를 보냈을까? 남편이 나 몰래 계속 후원을 이어왔던 건가. 궁금해서 남편한테 전화를 걸었다.

"왜?" 다짜고짜 용건부터 묻는다.

"천사의 집에서 택배 왔는데, 뭔가 해서요."

남편은 말을 얼버무리더니 나중에 이야기하자며 서둘러 전화를 끊었다. 전화기 너머 당황하는 남편의 모습이 그려졌다.

박스 안에 남은 생선을 저장하려고 냉동실 문을 열었다. 냉동식품 몇 개만 덩그러니 들어있고 텅텅 비었다. 아들이 난리를 치고 난 뒤로 냉동실을 채우기가 겁난다.

얼마 전, 성당에서 성지순례를 갔었다. 바닥난 에너지를 채우려면 현실과 거리두기가 필요했다. 차창 밖으로 빠르게 지나가는 늦가을 풍경에 무거웠던 마음이 한결 가벼워졌다. 차에 탄 신자들이 좌우로 나뉘어 묵주기도를 함께하고 있는데 휴대폰 진동벨이 계속 울렸다. 역시나 아들이 건 전화였다. 기도 중이라 통화하기 곤란하다고 말해도 계속 전화하는 바람에 참다못해 휴대폰을 꺼버렸다. 모처럼 홀가분한 기분을 망치고 싶지 않았다. 성지를 돌다 보니 마음이 평화로웠다. 아들이 걱정되긴 했지만 잠시 내려놓기로 마음먹었다. 나들이하기 좋은 계절이라 차가 많이 밀려 저녁 늦게 집에 돌아왔다.

　집안이 캄캄한 물속에 잠긴 것처럼 고요해서 기분이 이상했다. 세상에! 기가 차서 말이 나오지 않았다. 얼음기둥이 된 것처럼 한참 서 있다가 발밑까지 흘러내린 물을 보고 정신을 차렸다. 냉장고 주변이 난장판이었다. 꽁꽁 얼었던 식품들이 바닥에 내동댕이쳐져 비닐이 터지고 내용물이 녹아 뒤죽박죽이었다. 떡, 만두, 고기, 삶은 시래기, 고춧가루, 견과류, 생선, 건어물. 얼린 과일까지…… 식품매장을 털어왔나 싶었다. 종일 불안했던 이유가 이거였나

싫어 기운이 쭈욱 빠졌다. 아들 방문을 거칠게 열었다. 세상 평온하게 자는 놈을 두들겨 깨웠다. 한참 흔들어도 일어나지 않았다.

"이놈 새끼 빨리 안 일어나. 밖에 저게 뭐야. 너 미쳤냐?"

아들이 실눈을 뜨고 어리둥절한 표정으로 쳐다보았다. 고래고래 고함을 지르자 그제야 정신이 든 모양이었다.

"아이스크림 먹고 싶은데 엄마가 전화 안 받았잖아. 냉동실에 있나 찾아봤는데 없어서 신경질 났어. 그니깐 왜 종일 전화를 안 받냐고……."

"엄마 성지순례 간다고 했자나아. 너 땜에 못 살겠다. 꼴도 보기 싫으니까 니 방에서 나오지 마!"

밖에서 문을 잠그고 대못을 쾅쾅 박아버리고 싶었다. 녹은 식품은 다시 얼릴 수 없어 냉장실에 넣어두고 버려야 할 것들은 비닐봉지에 담았다. 생선 비린내와 섞인 쿰쿰한 냄새가 거실을 떠다녔다.

점심때 먹은 밥그릇과 반찬들이 식탁에 너저분하게 널렸고, 개수대 수도꼭지에서 온수가 새고 있었다. 싱크대 주변이 온통 더운 김으로 가득했다. 식탁을 치우고 돌아서는데 거실 천장에 드리워진 검은 새의 그림자를 발견하고 숨이 멎는 듯 정신이 아찔했다. 창문을 열고 난 후에야 숨을 쉴 수 있었다.

엊그제 내가 소속되어 있는 상담연구소에서 꿈 분석 특강이 있었다. 각자 일주일 동안 꿈꾼 내용을 노트에 적어 분석을 받았다. 꿈은 아침에 일어나자마자 기록하지 않으면 금방 잊어버린다. 예전에는 승강기에 갇혀 답답해하는 꿈을 자주 꾸었다. 일을 시작하고 그 꿈은 사라졌다. 얼마 전부터 비슷한 상황이 반복되는 꿈이 있어 마음에 걸린다. 검은 새가 나타나 나를 쫓아오면 죽어라 도망간다. 잡히지 않으려고 안간힘을 쓰다가 결국 잡아먹히는 꿈이다. 분석가는 내가 처한 상황을 이것저것 물어보았다. 아들 이야기는 하고 싶지 않아서 적당히 둘러댔다. 커다란 짐에 눌려 벗어나고 싶고, 도망가고 싶은데 그러면 안 된다고 의식이 억누르고 있다고 했다. 꿈에서 벗어나 현실 공간에 출몰하기 시작한 검은 새의 정체가 분명해진 순간이었다. 무의식이 보내는 신호를 잘 알아차리고 다독거려 주라는 분석가의 조언은 그다지 도움이 될 것 같지는 않다.

아들이 예전처럼 회복할 수 있다는 희망이 옅어지자 앞

이 보이지 않는 길을 홀로 걸어가는 듯 막막하다. 온전히 나아지는 건 불가능하다는 걸 알고 나니 측은한 마음 한편으로 불쑥불쑥 화가 치민다. 아들을 있는 그대로 받아들이려고 상담 공부를 시작했다가 청소년 상담사로 일까지 하게 되었다. 나 자신도 해결하지 못한 문제들을 안고 있어 자괴감이 들 때가 많다.

오늘따라 낮잠이 길어지는 아들이 신경 쓰여 살며시 방문을 열었다. 벽에 붙어있던 시커먼 물체가 바닥으로 툭 떨어졌다. 뒷걸음질 치다 얼른 불을 켰다. 준이의 숨소리만 들릴 뿐 방은 그대로다. 깰까 봐 불을 끄고 커튼을 열었다. 빛이 차단되어 침침한 게 우중충한 내 마음 같아서 왠지 싫었다.

모처럼 얻은 평화로운 시간을 깨고 싶지 않아 유자차 한 잔을 들고 식탁에 앉았다. 엊저녁 남편한테 숙제이니 꼭 해 보라고 에고그램 테스트 용지를 주었다. 에고그램은 자아 상태의 에너지 배분을 직감적으로 파악하여 성격 유형을 판단하는 테스트이다. 사람은 부모, 성인, 아이라는 세 가지 성격의 틀이 있다. 이 틀에서 인격이 형성된다고 한다. 이중 부모의 성격은 비판적인 부모와 양육적인 부모로

나눌 수 있고 아동의 성격은 자유분방한 아이와 순응적인 아이로 구분한다.

"맨날 분석한다 작업한다, 그리고 다니면 뭐 달라지는 게 있나. 그놈의 상담 공부는 과거 들추고 끄집어내서 상처 받았네 어쩌네 하면서, 가족들 괴롭히는 거잖아."

남편이 용지는 보지도 않고 미운 소리만 골라서 하길래 손도 대지 않은 줄 알았다. 그런데 웬일로 50문항을 다 체크하고 꼼꼼하게 작성해 식탁 위에 올려놓았다.

1. 다른 사람의 말을 가로막고 자신의 생각을 늘어놓는 일이 있습니까? **그렇다**

2. 사회의 규칙, 논리, 도덕 등을 중요시합니까? **그렇다**

3. '해야 한다.' '하지 않으면 안 된다.'라는 식의 표현을 자주 씁니까? **그렇다**

4. 아이들이나 부하를 엄하게 교육합니까? **그렇다**

남편이 작성해 놓은 용지를 보고 점수를 매기지 않아도 '비판적 어버이 자아'(CP: critical parent ego)가 높은 유형인 걸 한눈에 알아봤다. '비판적 어버이 자아' 결과지를 출력해 책 위에 올려두면서 다시 한번 읽어 보았다. 이 유형은 부모의 윤리, 도덕, 가치관이 그대로 내면화된 것으로 타인의 권리를 고려하지 않고 배타적, 강압적 교훈적 방식을 취한다. 이런 사람들은 명랑함이나 유머 감각은 찾아볼 수 없다. 타인을 불안하게 만든다.

불안이란 단어에 시선이 꽂혔다. 빨간색 볼펜으로 동그라미를 쳤다. 남편은 정말 걱정이 태산인 사람이다. 현재는 없고 미래에 대한 걱정으로 자신과 가족들을 들들 볶는다. 남편의 불안 지수가 최고점을 찍은 몇 년 전 이맘때가 생각난다.

거실에서 TV를 보고 있던 남편이 다급하게 나를 불렀다. 주방에서 저녁 준비하다가 거실로 나갔다. 산골에서 장애자들을 헌신직으로 돌본다는 전직 가수의 사연이 방송되고 있었다.

"세상에 저런 곳이 다 있네."

남편이 혼잣말하며 화면에서 눈을 떼지 못했다. 남편도 나도 아들 때문에 지쳐있던 때라 생각의 차이는 있었지만 새로운 돌파구가 될 것 같아 귀가 솔깃했다. 도인처럼 보이는 원장이 편안하고 인자한 얼굴로 말했다.

"몸과 마음에 장애가 있는 사람을 집에서 돌보는 건 가족들이 못할 일이에요. 이곳에 맡기시면 사랑으로 돌봐주고 평생 책임져 줍니다. 여기는 비슷한 사람들끼리 서로 돕고 의지하며 살아가는 사랑의 공동체예요."

평생 돌봐준다는 말에 마음이 움직였다. 남편은 방송이 끝나기가 무섭게 그 시설에 대해 이것저것 알아보느라 정신없었다. 평생 책임져야 한다는 무게감이 우리를 짓누르고 있을 때라 그 말이 더 깊이 와 닿았다. 막상 아들을 못 본다고 생각하니 혼란스러웠다. 부모에게 전적으로 의존하고 있는 애를 갑자기 보내는 건 아니라는 생각이 들어서 남편을 말렸다. 시설을 둘러보고 온 남편은 당장 보내자고 막무가내로 서둘렀다.

가기 싫다는 아들을 어르고 달래서 산속에 있는 그곳으로 데리고 갔다. 인가와 뚝 떨어진 그곳은 사방이 산으로 둘러싸여 밖으로 나가기도 힘든 외진 곳이었다. 가는 내내 말이 없던 아들은 낯선 환경에 잔뜩 겁먹은 얼굴이었다. 팔다리가 뒤틀려 걸음걸이가 불편한 친구를 보고 준이가 많이 놀란 것 같았다. 육체적인 문제가 아니라 뇌기능에 장애가 있는 아들 또래의 친구도 있었다.

이게 아들을 위한 길일까! 그 생각이 떠나지 않았다. 근심 가득한 내 얼굴을 보고 원장은 다 알고 있다는 표정으로 위로인지 자기 자랑인지 쉬지 않고 떠들었다.

"걱정 마세요, 준이 어머니! 결정 잘하셨어요. 여기 맡겨 놓으면 안심해도 됩니다. 근데 준이는 언제 저렇게 됐어요?"

"몇 년 전에요. 고등학교 때 뇌염 앓고 난 후유증으로."

"아이고! 충격이 크셨겠네."

나도 모르게 긴 한숨이 나왔다. 남편을 힐끗 쳐다보았다. 입을 꾹 다물고 있던 남편이 담배 한 대 피우고 오겠다고 밖으로 나갔다.

"뇌염도 빨리 치료하면 괜찮던데 어쩌다가……."

원장은 대답을 기다리는 듯 의자를 당겨 자세를 고쳐 앉았다.

"열이 펄펄 나는데 그냥 감기인 줄 알았어요. 중간고사 기간이라 병원도 못 가고 있다가 집에서 쓰러졌어요. 병원 갔을 때는 이미 혼수상태였고요. 가까스로 깨어나긴 했는데……."

마음이 답답해서 얼른 일어나 냉수 한 컵을 뽑아 들고 다시 자리에 앉았다.

"준이 상태는 지난번에 듣긴 했는데, 인지장애도 있고, 발작도 있다고요."

"네, 약 안 먹으면 경련 때문에 큰일 나니까 시간 맞춰서 약 먹는 거 꼭 확인해 주셔야 합니다. 꼭이요."

"네, 잘 챙길 겁니다. 여기 있는 애들 다 사연이 구구절절해요. 준이 옆에서 이야기하고 있는 쟤는 미수라고 하는데, 여기 온 지 몇 년 됐어요. 미수는 부지런하고 착해서 몸이 많이 불편한 애들을 얼마나 잘 보살피는지 몰라요. 준이하고 나이도 비슷하니까 친구 하면 되겠네. 미수 아버지는 제법 큰 건설회사 사장이에요. 오빠도 의사고, 집안이 좋아요. 저 뒤에 수련원 짓는다고 했더니 돈을 몇억이나 기부했다니깐요. 미수 부모는 딸하고 연락 다 끊고 1년에 한두 번 와요. 여기서 적응 잘하라고. 그리고 여기 있는 여자애들은 될 수 있으면 불임 시술을 받도록 권하고 있어요. 지켜본다고 해도 남자, 여자 함께 살다 보면 별일이 다 있어서……."

그 말끝에 빙글빙글 웃고 있는 원장을 보니 뒷골이 서늘

했다. 강아지 중성화수술 시키는 정도로 가볍게 말하는 것처럼 들렸다.

준이는 몹시 불안한지 여기저기 두리번거리다가 쉴 새 없이 다리를 떨었다. 아들이 느끼고 있는 공포감이 전해져 보지 않으려고 애써 시선을 피했다. 준이의 겁먹은 눈을 보고 돌아설 자신이 없어 먼저 나와 차에 올랐다. 아무것도 보고 싶지 않았다. 차가 빠져나오자 준이가 현관 밖으로 나왔다. 눈물을 훔치는 아들의 모습이 뿌옇게 흐려져 점점 멀어졌다.

원장이 적응하는 동안 아들과의 연락을 자제하라고 했다. 한 달이 지나고 준이와 자유롭게 통화를 하게 되자 아들이 집에 오고 싶다고 떼를 쓰기 시작했다. 하루에도 몇 번씩 전화해 불만을 쏟아 놓았다. 몸이 불편한 친구들 돌보느라 너무 힘들다, 밥은 큰 그릇에 반찬이랑 섞어 주니까 개밥 같아서 먹기 싫다, 선생님이 창고에 가뒀다, 애들이 괴롭힌다. 급기야 자기를 데려가지 않으면 죽어버리겠다고 협박했다. 석 달 만에 준이를 집으로 데려왔다. 수련원 짓는데 기부한 5,000만 원이 그대로 날아갔다. 1,000원한 장 허투루 쓰지 않는 남편이 그렇게 큰돈을 선뜻 기부한 걸 보면 아들이 그곳에서 잘 적응하고 살 수 있기를 간절히 바랐던 것 같다.

그곳에 있다 온 뒤로 준이는 이상한 무기를 사용했다. 걸핏하면 발코니 창문을 열고 뛰어내린다고 난동을 부렸다. 집에 손님이 와 있거나, 관객이 많을 때 더 그랬다. 그 일이 있고 난 후 남편은 아들만 보면 땅이 꺼지라 한숨을 쉬었다. 두 사람은 자석의 같은 극처럼 서로 강하게 밀어내며 내 주변만 맴돌았다.

겨울로 접어들자 해가 짧아졌다. 저녁에 도치탕을 끓이려면 서둘러야 한다. 남편한테 퇴근하고 곧바로 들어오라고 문자를 보냈다. 시누이가 도치를 보냈다고 말했으니 짐작했을 거다.

주둥이가 날아간 도치, 미끈하고 오동통한 것이 생긴 것도 특이하지만 색깔 또한 오묘하다. 야구공보다 크고 배구공보단 작은 크기. 잘려 나간 입은 자주색이고 등지느러미는 회갈색인데 몸통은 흐린 녹색에 검은 점이 얼비친다.

시어머니가 살아계셨을 때는 도치뿐만 아니라 다른 생선도 보내주었다. 생선을 만져본 적도 없는데 비린 생선을 손질하려면 여간 고역이 아니었다. 그나마 도치는 깔끔한 물고기라 거부감이 덜했다. 시어머니가 도치를 보내올 때마다 남편은 작정이나 한 것처럼 나를 놀려댔다. 입꼬리를 실룩거리며 약 올리던 남편의 얼굴이 떠올라 잘려 나간 도치 주둥이를 힘껏 내리친다.

"김미선! 니도 내 안 만났으면 저기 아파트 앞에서 생선이나 팔고 있을지도 모른다. '심퉁이' 봤제. 당신 보마 꼭 그 생선 같다 아이가. 생긴 게 꼭 복어처럼 짜리몽땅한 기 당신하고 진짜 비슷하대이. 심퉁이 저그 배 쪽에 빨판이 있어가 바위에 붙어사는데, 힘센 사람이 잡아땡겨도 딱 붙어가 절대 안 떨어진다. 당신, 나처럼 든든한 바위에 붙어사는 걸 다행이라 생각해라. 당신 삐졌나? 그 표정 보이께 심퉁이하고 판박이네."

어이가 없어서 쳐다보면 신나서 더한다.

"도치 저그 물컹거리고 살집이 별로 없어 먹을 기 없잖아. 그래, 실속 없는 것도 꼭 당신인기라."

남편은 말끝에 히쭉 웃더니 한 마디를 더 보탰다.

"그래도 알은 엄청 마이 들어 있어 알탕은 맛있다 아이가. 내가 젤로 좋아하잖아."

저 인간 머릿속에는 뭐가 들어있을까. 말을 섞는 것조차 싫어서 침묵으로 일관하던 때가 있었다.

　도치를 손질하려고 장갑을 꼈다. 생선이 미끄러워 손이 둔하다. 물컹거리는 느낌이 싫긴 하지만 장갑을 벗어 던지고 맨손으로 잡으니 반들반들하고 탄력 있는 느낌이 그대로 전해진다. 배를 가를 때는 칼보다 가위가 유용하다. 통통하게 부풀어 오른 배 쪽에 가위를 찔러 넣자 배가 갈라지며 은단만 한 알이 가득 든 알집이 쏟아진다. 알집 크기가 도치 몸통만 한 암컷 도치다. '에고! 생명을 이렇게 많이 품고 있었네. 지키려고 죽을힘을 다했을 텐데.'
　도치는 깊은 바다에 살다가 산란기가 되면 연안 바위로 이동한다고 했다. 해녀들에게 잡히는 것도 이 때문이라고. 뚝심이 대단해 한 번 빨판을 이용해 바위에 붙으면 누가 잡아가도 꼼짝하지 않는단다. 알 밴 생선을 마구 잡아도 되는 걸까? 이런저런 생각을 하며 제법 큰 알집 두 개를 꺼내 그릇에 담아놓는다. 알을 빼낸 도치 몸통을 뒤집는데 손가락이 따끔하다. 검지에 피가 스며 나온다. 도치는 비늘이 없는 대신 돌기에 잔 가시가 있다. 조심한다고 했는데 피를 보고 말았다. 차가운 수돗물에 핏물이 섞여 개수대 바닥으로 쓸려 내려간다. 손가락을 씻고 잠시 눌러준다.

또 한 마리의 배를 가르자 이번에는 수놈이다. 뱃속에 애(간이나 창자)가 가득하다. 꽉 찬 알을 보는 것보다 불편한 마음이 덜하다. 수놈은 도치찜이나 회로 먹으면 좋다고 시누이가 말했다. 시누이는 생선을 보낼 때마다 내가 미덥지 않은지 매번 요리법을 설명한다. 손질 끝낸 도치 세 마리를 팔팔 끓인 물에 잠깐 담근 후 꺼낸다. 생선 표면에 있는 점액질이 하얗게 응고되어 겉막을 손으로 살살 벗겨낸다. 찬물에 헹구자 쫀득하고 매끈한 맨살이 드러난다. 수놈은 숙회로 먹고 나머지는 알탕을 끓여야겠다.

잠을 이렇게 오래 자면 안 되는데……. 잠시 생각이 다른 데 가 있었다. 아들 방에 가보려고 하는데 마침 아들이 부스스한 얼굴로 주방 쪽으로 걸어온다.

"엄마, 왜 나 안 깨웠어? 배고파 밥 줘."

까치머리에 두꺼비처럼 부은 눈, 볼멘소리로 퉁퉁거리는 아들의 얼굴을 보니 걱정했던 마음이 싹 가신다. 어눌해진 말투가 어제 경련하고 나서 상태가 안 좋아졌다. 약을 먹고 있어서 심한 경련은 아니어도 약에 내성이 생기면 한 번씩 경련을 일으킨다.

늦은 점심이라 간단하게 계란 간장밥을 해주자 준이가 좋아서 환하게 웃는다. 한동안 상태가 좋아서 예전 기억들이 떠오르는지 이야기도 많이 했었는데, 수저질이 둔해서 음식을 자꾸 흘린다. 행동이 느려지고 말도 버벅거리는 걸 보면 약효가 떨어지고 있는 모양이다. 아들이 복용하는 항경련제, 신경안정제는 내성이 생겨 용량을 늘리고 주기적으로 바꿔주어야 한다. 약효가 좋을 때는 정신도 맑고 행동도 또렷해서 아프기 전의 아들로 돌아간 것 같아 좋았다. 온탕과 냉탕을 오가며 그래도 희망의 끈을 놓지 않았다. 그런데 희망의 주기가 점점 짧아지고 있으니.

"준아, 저녁에 도치탕 끓인다. 오늘은 그거 먹자."

"싫어! 나는 새우볶음밥하고 달걀찜 해주세요."

"새우볶음밥 그만 먹어. 엄마는 새우 보기만 해도 질린다."

"생선은 비린내 나서 토할 것 같애."

"저 자식이 정말! 웬수가 따로 없네."

아들은 한 가지 음식을 질리도록 먹고 나야 다른 걸 찾는다. 덩치는 큰 놈이 하는 짓은 어린아이다. 고집을 부리면 사방이 꽉 막힌 것처럼 답답하다. 어느 날 남편이 말했다. 왜 그렇게 한숨을 자주 쉬냐고. 그 말을 듣기 전에는 내가 한숨을 자주 쉬는지 의식하지 못했다. 그러고 보니 명치에 돌을 얹어놓은 것처럼 답답해서 숨을 크게 내쉰다는 것이 한숨이 된 것도 같다.

"엄마, 달걀찜은 안 해?"

"알았어, 해주께. 점심 먹고 돌아서서 저녁 타령이냐. 준아, 방에 가서 피아노 좀 쳐볼래."

"네에, 엄마!"

달걀찜 해준다는 말에 기분이 좋은지 대답이 시원시원하다.

내가 어린 시절에 즐겨 먹던 음식을 자주 하게 된다. 날마다 먹어도 물리지 않는 게 달걀 반찬이었다. 달걀찜은 어린 시절 내게도 특별한 음식이었다. 달걀도 귀했던 시절, 생일날 아침은 달걀찜을 혼자 먹을 수 있는 특권을 누렸다.

아들이 연주하는 〈젓가락 행진곡〉을 들으니 마음이 울

컥해진다. 어려운 곡들은 기억을 못 하는데 단순하고 쉬운 곡은 기억이 나는지 곧잘 쳐보곤 한다. 몸으로 배우고 익힌 것들은 쉽게 지워지지 않는 모양이다. 중학생 때 준이는 내가 좋아서 자주 듣는 음악이 있으면 그 곡을 몰래 연습해서 멋지게 연주해 주던 다정한 아들이었다.

오전까지 말짱하던 날씨가 오후부터 바람이 불기 시작하더니 하늘이 낮게 내려앉았다. 눈이라도 오려나! 창밖이 소란스럽다. 창문을 닫고 돌아서는데 검은 새가 거실을 가로질러 촛불 모양의 이미지 등에 앉았다. 벽에 드리워진 그림자가 점점 아래로 내려와 먹빛 날개로 덮어 버릴 것 같아 몸이 오그라든다. 깜짝 놀라 눈을 비빈다. 이제 헛것이 보이는 걸까?

금방 시간이 지나갔다. 소처럼 느릿느릿 급한 게 없는 아들하고 보조를 맞추다 보면 일이 늦어진다.

어수선한 부엌에 들어서니 일이 손에 잡히지 않는다. 손질한 생선은 알탕에 넣을 것과 회로 먹을 걸 따로 준비한다. 숙회로 먹을 도치 뱃살을 썰어 접시에 담았다. 칼이 어느새 무뎌져 얄팍하게 썰어지지 않는다. 너무 날카로운 칼은 창고 속에 처박혀 있고 지금 사용하고 있는 부엌칼은 적당히 무뎌져서 갈아가며 써야 한다. 예리한 건 다 무섭다. 참치캔 따다가 새끼손가락을 베었다. 다섯 바늘 꿰맨 상처가 그대로 남았다. 삶에서 겪는 모든 행위는 몸 어딘가에 이렇게 흔적을 남긴다.

"준아, 너 옛날에는 도치탕 잘 먹었잖아. 근데 왜 먹기 싫다 그래."

"그냥 먹기 싫어."

"잘 생각해 봐 왜 먹기 싫은지. 너 요즘 아빠만 보면 슬슬 피하더라."

"엄마, 나 원래 생선 싫어해. 아빠하고 같이 밥 먹으면 먹기 싫은 거 자꾸 먹어라 하고, 영양가 따지고, 잔소리 대마왕이라 밥맛이 뚝 떨어져."

"너 편식 심하잖아. 아빠도 니 건강 생각해서 그러지."

아들이 어렸을 때 우리 집 식탁 유리 밑에는 다섯 가지 기초식품군 표가 깔려있었다. 남편이 주로 강조하는 건 칼슘이 들어있는 2군이었고, 아들이 좋아하는 건 고기라 주로 1군이었다. 남편이 식탁에 앉으면 어김없이 던지는 말들이 있었다. 2군이 부족하네. 1군의 영양이 넘치네. 영양소가 3군 이상 골고루 섞여야 하는데 불균형이네, 하며 가정 선생 같은 소리에 밥알이 곤두서 상을 확 엎어버리는 상상을 혼자 하곤 했다.

"엄마, 나 어렸을 때 물 달라고 하면 아빠가 우유 먹으라고 해서 진짜 싫었어. 우유 마시면 목이 더 마른데 물도 못 마시게 했어."

"우유 안 마신다고 눈물 찔끔거리면 운다고 또 혼나고 아빠도 너무 했지."

아들은 키가 늦게 커서 초등학교 때 반에서 맨 앞자리에 앉았다. 남편은 아들이 쑥쑥 자라지 않는 것이 못마땅해 우유를 먹이려고 무진장 애를 썼다. 그래도 강제로 먹인 우유 덕분인지 고1 때 키가 한꺼번에 쑥 커서 다행이었다.

"준아, 너 아프기 전에는 책 엄청 좋아해서 책벌레였는데."

"책 보고 있으면 아빠가 잔소리 안 했잖아. 근데 내 방에 꽂혀있는 책들은 무슨 내용인지 하나도 생각이 안 나 엄마."

아프기 전의 아들을 떠올리면 아쉽고 안타까워 한숨만 나온다. 과거에 머물러 있다 보면 자책만 하게 된다. 현재에 충실해야 미래가 있을 텐데, 아들의 미래는 도무지 그려지지 않는다.

어느새 밖이 어둑하다. 남편이 제때 들어와야 할 텐데……. 창밖에는 희끗희끗 눈발이 날린다. 날을 잘 잡았다. 도치탕에 술도 한잔하면 좋겠다. 싱크대 안쪽에서 소주 두 병을 꺼내 냉장고에 넣었다.

재료 준비가 끝난 알탕을 끓이기 위해 묵은지를 꺼냈다. 잘 익은 김장김치는 시원하면서도 착착 감기는 매운맛이다. 쫑쫑 썬 김치를 달달 볶은 뒤 먹기 좋게 잘라놓은 도치를 얹고 배추, 무, 대파를 가장자리에 돌려놓았다. 물을 자박하게 붓고 끓기를 기다렸다. 생선이 익을 때쯤 마지막에 도치 알을 위에 얹었다. 재료들이 한데 어우러져 보글보글 끓고 있는 알탕을 보고 있자니 삭혀지지 않는 생생한 감정이 불쑥불쑥 올라온다. 오늘 저녁에는 남편과 할 말이 있다. 서로 힘들어서 피했던 이야기들을 이제 해야만 할 때다.

한소끔 끓였으니 남편이 들어오면 다시 끓일 요량으로 불을 껐다. 오늘 저녁에는 내가 좋아하는 꽁치도 한 마리 굽는다. 부엌에 들어오면 내 욕구는 늘 뒷전이고 식구들 입맛이 먼저였다. 오동통하게 살이 오른 꽁치에 칼집을 내고 굵은 소금으로 간을 해 놓았다. 그릴에 노릇노릇하게 구워 위에 파슬리를 뿌렸다. 아끼는 코스타노바 접시에 담아 식탁에 얹어 두었다. 구운 꽁치를 보면 남편은 또 한마디 할 것이다. 고기 잡을 때 미끼로 쓰는 꽁치를 누가 먹느냐고.

밖이 어두워졌다. 바람이 부는지 눈발이 이리저리 날린다. 아들을 빨리 재우려고 밥 먹으라고 채근해도 늦장을 부린다. 지금쯤 남편이 올 시간인데, 자꾸 시계를 쳐다본다. 밖이 캄캄해서 그렇지 아직 이른 저녁이다.

아들을 윽박질러 반강제로 밥을 먹으라고 했다. 맛보라고 떠준 알탕은 손도 대지 않고 한쪽으로 밀치다가 찌개그릇을 바닥에 쏟았다. 주방 바닥에 붉은 국물이 질펀하고 자잘한 알들이 여기저기 튀었다. 화가 치밀어 기어이 아들 등짝을 세게 때렸다. 걸레로 바닥을 훔치다가 손을 벌벌 떨고 있는 아들을 보니 속이 상해 눈물이 핑 돌았다. 그동안 잘 참고 살았는데 이제 한계치에 달한 모양이다. 나까지 이러면 안 된다는 마음 한편으로 나도 모르게 솟구치는 감정의 소용돌이에 무방비로 휩쓸리게 된다.

'미치겠다. 언제까지 이러고 살래! 저 자식 뛰어내린다고 난리 칠 때 그냥 둘 걸.'

한참 동안 아무 말이나 막 쏟아내고 나니 솟구쳤던 감정이 가라앉는다.

벽시계를 보니 여덟 시가 넘었는데, 남편한테는 아무 연락이 없다. 바람이 더 거세졌다. 초침 돌아가는 소리는 크게 들리는데 큰 바늘은 계속 그 자리에 머물러 있다. 눈은 오는 족족 녹아서 아직 쌓이지 않는다. 차가 막혀도 벌써 오고도 남을 시각이다. 오늘 같은 날 시간 맞춰서 들어오면 좀 좋을까! 걱정을 넘어서 연락도 없는 무심함에 화가 치민다.

남편은 아홉 시가 다 돼서 들어왔다. 오자마자 부엌으로 들어가 냄비 뚜껑을 열고 냄새부터 맡는다.

"음, 맛있는 냄새. 밥 먹자."

째려보고 있는데 쳐다보지도 않고, 왜 늦었는지 설명도 없이 자기 말만 한다. 한숨을 쉬다가 혼잣말로 마무리하는 게 일상이 되었다. 한두 번도 아닌데······.

도치알탕을 식탁 중간에 놓고 야채와 함께 숙회도 한 접시 놓았다. 차가운 소주도 꺼내왔다. 식탁에 앉은 남편은 차려진 음식을 보고 얼굴에 화색이 돈다. 알탕에 묵은지까지 들어간 찌개는 먹음직스러웠다. 남편이 찌개 국물을 맛보더니 감칠맛이 난다고 좋아했다.

"뭔 일이야? 소주까지 등장하고. 안주가 좋아서 오늘 한 잔 해야겠네."

소주를 한 잔 넘치게 따라 단숨에 마셨다. 빈속에 차가운 알코올이 들어가자 전신이 찌르르하다.

"이 사람이 술도 못 마시면서 우짤라고."

"나, 술 잘 마셔."

남편에게도 한 잔 가득 부어주고 술잔을 들어 보이자 의아한 얼굴로 빤히 쳐다보며 마지못해 술잔을 부딪친다.

"언제부터 마셨는지 궁금하지? 힘들어서 홀짝홀짝 마시다 보니 이렇게 늘었네."

신경이 곤두서 있다가 술이 들어가니 자꾸 헛웃음이 나온다.

"고마해라. 취하겠다."

남편이 술잔을 치우려 해서 거칠게 뿌리쳤다.

"준이 아빠, 오늘은 우리 이야기 좀 하자."

"당신, 와 이라노 무섭게 할 말이 뭐 있다고."

남편이 접시에 생선과 알을 가득 담아 정신없이 먹는다. 연거푸 소주 몇 잔을 마시고 나니 몸이 따뜻해진다. 노릇하게 구워진 꽁치를 발라 먹자 남편이 미간을 찌푸린다.

"고급진 음식 놔두고 와 시덥잖은 꽁치나 먹고 있노."

"내가 뭘 좋아하는지도 모르고 자기 멋대로지. 근데 저 고구마는 뭔데?"

"예전에 후원했잖아. 그냥 보냈것지. 밥 좀 먹고……."

"말도 안 되는 소리 하지 말고, 그래 일단 먹어라."

종일 부엌에서 생선 냄새를 맡아서인지 아무것도 먹고 싶지 않았다. 할 말은 많은데 찌개 국물은 자작자작 졸아들고 남편은 말없이 먹기만 한다. 속에 있는 말을 하기도 전에 서러움이 먼저 올라와 넋두리만 하면 안 된다. 울컥하는 감정을 누르고 찌개 국물에 밥을 조금 말았다. 속이 비어서 기분이 더 가라앉는 것 같았다.

"당신 요즘 준이만 보면 땅이 꺼져라 한숨 쉬고, 애 못마땅해 죽을라 하더라. 쟤가 저렇게 된 게 누구 때문인데, 당신은 그거 잊으면 인간도 아이다."

남편은 석고상처럼 굳은 얼굴로 말없이 술잔만 비웠다. 속이 타서 얼음 채운 냉수를 벌컥벌컥 마셨다.

"좋은 대학 보낼라고 그랬다. 나처럼 살지 말라고. 저래 될 줄 우째 알았겠노. 나도 지금까지 죽자고 일만 하고 살았다. 근데 짐은 벗어날 길이 없고 회사에서는 언제 짤릴지도 모르고, 준이 저그 누구한테 짐 안 되게 하려면 돈이라도 있어야 하잖아. 당신은 현재만 생각하지? 나는 저놈 앞날 생각하면 불안해서 잠이 안 온다."

"그래서 준이 또 시설로 보낼라고? 그때 그 난리를 쳐놓고."

남편이 알을 한 수저 소복이 떠서 먹다 말고 일그러진 얼굴로 쳐다본다.

"그래, 인간 구실 못할 놈 언제까지 끼고 있노. 보고 있으면 숨이 턱턱 막혀 내가 죽을 지경이다."

"그러고도 니가 아빠냐?"

"당신도 천사의 집에 전화해 봤잖아. 더 먼 데 알아봤으면서, 좀 솔직해져 봐라."

"무슨 미친 소리야. 내가 언제?"

손이 부들부들 떨렸다. 가슴이 뜨끔하고 얼굴이 화끈거

렸다.

"위선 떨지 마. 한참 전에 안방 화장대 서랍에 이혼서류 넣어둔 거 봤어. 도망가고 싶은 건 당신도 마찬가지잖아."

"위선, 함부로 말하지 마. 당신은 입이 열 개라도 할 말 없어. 준이 그날 열이 펄펄 나서 병원 데려간다고 나서는 걸 기어이 학교 보내고 시험 끝날 때까지 아픈 티 내지 말라고 억지 부린 게 누군데. 당신 못 말렸던 나도 병신 같아서 입 다물고 살았지만 우린 둘 다 죄인이야."

눈물이 나려는 걸 꾹 참았다. 눈자위가 뻐근하게 아팠다. 얼굴이 벌게진 남편이 눈가가 촉촉해져 긴 한숨 끝에 말했다.

"나도 첨엔 천사의 집 애들 돌보면서 준이 낫게 해 달라고 기도하는 마음으로 봉사했다. 근데 심란한 애들 볼 때마다 저 녀석 암담한 미래가 훤히 보여서 더 미치겠더라."

"그래도 어떻게 포기할 생각을 하나. 우리 아니면 어디가서 살 수도 없는 애를. 나도 더 이상 당신하고 살기 싫다. 내가 나갈 수는 없고 당신이 방 하나 얻어 나가라."

얼굴이 붉으락푸르락하던 남편이 소주잔을 부엌 쪽으로 던졌다. 싱크대에 부딪친 잔은 산산조각이 났다.

씩씩거리며 현관문을 열고 나가는 남편 뒤통수에 대고 생각나는 온갖 욕을 다 퍼부었다. 찌개 국물은 다 졸아서 타닥타닥 소리가 났다. 가스레인지를 끄고 난장판이 된 부엌을 멍하니 쳐다보았다. 마음이 차분히 가라앉았다. 아들 방문이 열려 있어 가슴이 덜컥했다.

뜬눈으로 밤을 새우다 새벽녘에 잠깐 잠이 들었다. 관자놀이가 콕콕 찌르듯 아파서 눈이 잘 떠지지 않았다. 커튼을 젖히자 밤새 눈이 내렸는지 온 세상이 하얗다. '준이가 좋아하겠네!' 눈이 쌓이면 어린아이처럼 좋아하는 아들을 깨우려고 방문을 열었다.

차가운 방 안 공기가 온몸을 엄습한다. 준이가 보이지 않는다. 열린 창문 너머 하얀 세상이 바람을 타고 다가온다. 내 그림자와 연결된 검은 새의 그림자가 창문 밖으로 길게 늘어져 있다.

305

환절기

네모난 보도블록을 밟으며 걷는다. 녹색, 벽돌색, 회색 순서를 매기며 걷다 보니 어느새 목적지다. 잠이 덜 깬 거리에 은행나무 한 그루가 노랗게 단풍이 든 채 그녀를 맞는다. 항상 제 자리를 지키는 은행나무의 변화에 그녀는 문득 계절이 지나가고 있음을 실감한다.

　병원 입구 계단에 환자들이 웅크리고 앉아있다. 고딕체로 크게 써놓은 진료 시간표 앞에서 무작정 기다리는 사람들은 시간개념이 없다. 바싹 마른 나무처럼 건조한 노인들 사이에 날마다 일수를 찍는 박씨도 끼어있다. 병원 문을 열기 무섭게 밀고 들어오는 박씨가 못마땅해 그녀는 눈살을 찌푸린다. 밤새 얼마나 술을 퍼마셨는지 알코올 냄새가 역하다.

빌라와 주택이 많은 곳에 자리 잡은 병원이라 노인 환자가 많다. 수정빌라에 사는 얌전이 할머니가 배를 움켜쥔 채 식은땀을 흘리고 있다. 좀처럼 내색하지 않는 할머니가 무척 아픈 모양인지 끙끙 앓는 소리를 낸다. 할머니는 굽은 허리를 무당벌레처럼 말고 원장님은 언제 오시냐고 몇 번이나 묻는다.

그녀는 모닝커피 한잔 마실 틈도 없이 몰려오는 환자들이 짜증스럽다. 이런 날은 종일 일에 치이고 쫓기는 기분이다. 소독한 설압자를 진료실 책상 위에 올려놓는다. 요즘은 대부분 일회용을 사용하는데 원장은 스테인리스 설압자를 고집한다. 감기 환자가 많은 날은 설압자를 소독하는 것도 성가신 일 중의 하나다.

원장이 기다리고 있는 환자들을 향해 우아한 미소를 날리며 2층 계단을 내려온다. 50대 후반이면 아직 팔팔한 나이인데 원장은 매사에 조심스럽고 행동이 느리다. 원장이 무당벌레처럼 등을 말고 있는 얌전이 할머니를 먼저 진료실로 불러들인다. 그녀가 얌전이 할머니를 부르자 박씨가 자신이 먼저 병원에 왔는데 첫 번째로 접수해 줘야 하는 거 아니냐고 버럭 화를 낸다. 깐깐한 할아버지가 급한 환자를 보고도 그런 소리 한다며 그녀 대신 박씨를 나무란다.

월요일 오전이라 환자들이 정신없이 밀려든다. 내시경도 두 명이나 잡혀있어 좁은 대기실이 장날처럼 환자들로 북적거린다. 기다리다 지친 환자들이 진료를 너무 오래 본다고 불만을 토로한다. 환자가 많이 밀려 있다고 원장에게 귀띔해도 소용이 없다. 볶이는 건 접수실에 있는 직원들이다. 원장은 세심해서 미주알고주알 온갖 이야기를 다 물어본다. 성질 급한 아주머니가 언제까지 기다려야 하냐고 졸라대더니 정작 진료실에 들어가서는 나올 생각을 하지 않는다. 그런 사람이 더 꼴불견이다.

그녀는 아침부터 진상 환자만 온다고 투덜거리며 알코올 솜 통을 한 선생 앞으로 툭 던진다.

"쌤, 왜요. 언짢은 일이라도 있어요?"

"알코올 솜 다 떨어졌잖아요."

눈치가 형광등인 한 선생은 꼭 한 박자씩 늦다. 주사기와 주사약도 미리 준비해 두는 법이 없다. 소소한 일이지만 그녀가 하지 않을 수 없게 만드는 것이 짜증스럽다. 그녀는 손발이 맞지 않는 사람과 일하는 것이 스트레스다. 수동모드로 프로그래밍 되어 있는 사람은 일일이 짚어 주어야 한다. 오늘도 그녀는 짜증 난다는 소리를 입에 달고 있다. 그녀의 눈에 보이는 일거리들이 다른 사람들 눈에는 안 보이는 건지 알 수가 없다. 성미 급한 그녀만 병원 잡다한 일을 도맡아 한다는 생각이 든다.

북적거리는 환자들 틈에 휩쓸리다가 그녀는 문득 얌전이 할머니 생각이 나서 마음이 찜찜하다. 원장이 얌전이 할머니 상태가 심상치 않은지 구급차를 불러 종합병원으로 가시게 했다. 복막염이 아닐까 걱정하는 듯했다. 어떻게 되었을까? 멀리 있는 자식들에게 연락이 되어야지 수술을 할 텐데……. 혼자 사는 서러움을 잘 아는 터라 그녀는 남의 일이 아닌 것처럼 마음이 쓰인다.

그녀도 지난번 위경련 때문에 죽을 고생을 했다. 명치끝이 뒤틀리듯 아프고 칼로 찌르는 듯한 통증이 온몸을 엄습해 왔다. 조금 가라앉는 듯하다 통증이 다시 오고 또 오면서 계속 되풀이됐다. 통증도 무서웠지만 이러다가 혼자 죽는 건 아닌지 공포감이 밀려왔다.

집을 나오며 모든 사람과 연락을 끊은 상태였다. 병원

사람들과도 근무시간 외에 사적인 만남은 피했다. 그녀의 거처를 유일하게 알고 있는 사람과는 통화가 되지 않았다. 넓은 우주에 그녀 혼자 내동댕이쳐진 기분이었다. 전화번호만 바꾸면 금방 세상과 단절될 수 있다는 게 놀라웠다.

일교차가 커지면서 감기 환자가 부쩍 늘었다. 계절의 변화는 늘 감기를 몰고 온다. 꽃보다 환한 단풍이 낙엽이 되기도 전에 서리가 내리겠다는 일기예보다. 그녀는 뼛속까지 한기가 느껴지는 겨울이 싫다. 찬바람에 햇빛까지 부족하면 울적한 마음이 요동을 친다. 정해진 동선 안에서 맴돌다 보니 점심시간이다. 오전 업무를 마무리하고 있는데 소머즈 김씨가 우거지상을 하고 들어온다. 수액제 처방이 나와 점심시간을 통째로 빼앗긴 느낌이다.

그녀는 2층 계단을 쾅쾅 밟으며 올라가 하트만 수액에 칼을 꽂듯 수액 세트를 찔러 넣는다. 그녀가 점심시간에 집착할수록 꼭 변수가 생긴다. 김씨는 아래층에서 자기 볼일 다 보고 느릿느릿 계단을 올라온다. 눈자위가 움푹 들어가고 광대뼈가 그대로 드러난 김씨는 괴기영화에서 금방 뛰쳐나온 것 같은 모습이다. 김씨는 이삼일에 한 번씩 영양제도 아닌 단순한 수액제를 몇 년째 맞고 있다. 왜 주사를 맞고 있는지 이유를 알 수 없는 사람 중 한 명이다. 이 병원에 단골처럼 들락거리는 환자들의 대부분은 육체의 병보다 마음의 병을 치료해야 할 사람들이다.

김씨에게 소머즈란 별명이 붙은 건 직원들의 말을 엿듣고 다녀서다. 하루가 멀다고 병원을 들락거리며 말을 물어내는 통에 김씨만 보면 슬슬 피해 다닌다. 작은 소리로 주고받는 말도 김씨의 입을 통하면 요상한 날개를 달고 퍼져나간다. 며칠 전 병원을 그만둔 병리사는 검사실 남자와 눈이 맞아 나간 것으로 소문이 났다. 김씨 눈에 친근해 보이는 남녀 관계는 다 연인 사이로 둔갑한다. 그녀는 김씨와 말 섞는 것이 싫어 눈에 보이는 혈관에 얼른 바늘을 꽂고 수액실을 나온다. 말끝이 흐린 사람은 행동 또한 흐릿하다. 말을 꺼내놓고 끝말은 늘 안으로 삼키는 김씨의 말투가 몹시 거슬린다. 그녀의 남편과 시어머니도 그랬다.

남편은 잘 다니던 직장을 그만두고 집을 담보로 가게를 차렸다. 컴퓨터 대리점, 독서실, 식당, 하는 것마다 잘 안돼 문을 닫았다. 고속도로 견인차 사업에 투자했다가 얼마 남지 않은 돈마저 날리고 빈털터리가 되었다. 단칸방으로 내

려앉은 것도 모자라 남편은 술만 마시면 폭력을 썼다. 그
녀는 사는 것이 막막해 직장 생활을 시작했다. 그러다 덜
컥 임신이 되었는데, 남편은 자기 아이가 아니라고 유산을
강요했다. 시어머니는 말도 안 되는 아들의 횡포를 수수방
관하다 결국은 아들을 감싸는 말로 끝을 맺곤 했다. 적들
에게 포위된 것처럼 위태로웠던 결혼 생활을 청산하고 나
오기까지 8년이 걸렸다. 기억하고 싶지 않은 일들은 예기치
않은 곳에서 불쑥 튀어나와 이렇게 생각의 꼬리를 문다.

소머즈 김씨는 물 갖다 달라, 불 꺼 달라, 커튼을 쳐 달
라 요구사항이 많다. 급하게 먹은 점심이 명치끝에 대롱대
롱 매달려 거북하다. 엄지와 검지 사이를 꾹꾹 누른다. 오
후 진료 시간까지 한참 남았는데 할머니가 문을 열고 들어
선다. 점심시간이라고 말해도 쌩긋 웃기만 한다. 귀가 어
두운 문청자 할머니다. 할머니의 천진한 웃음에 좀 전까지
치밀어 오르던 짜증이 가라앉는다. 노인이 되면 얼굴도 평
준화되는지 할머니들의 모습은 다 비슷비슷하다. 문청자
할머니 손에 숨겨두었던 스카치 캔디를 한 줌 드렸다. 고
맙다고 몇 번이나 인사하며 웃는 할머니의 얼굴이 하회탈
처럼 정겹다. 그런 할머니를 따라 덩달아 웃던 그녀는 멈

칫했다. '참 할머니 당뇨환자잖아. 팔십 넘은 노인인데 당기는 대로 먹고 마음 편한게 더 맞을지도 몰라.' 하고 혼잣말을 했다.

죽지도 않고 오래 산다고 푸념하는 노인들이 혈압이 올라가거나 혈당 수치가 높게 나오면 걱정이 태산이다. "빨리 죽어야지"하는 말은 3대 거짓말 중 하나라는 게 여실히 증명된다. 노인들은 대부분 고독하지만 삶의 애착이 강하다. 그녀의 할머니도 50년을 단짝으로 살았던 친구가 돌아가시고 상실감이 커서 오래 살고 싶지 않다고 입버릇처럼 말했다. 그러면서도 며느리에게 해마다 올해의 운수가 어떤지 보고 오라고 채근했다. 며느리가 장수하시겠다 전하면 환하게 웃던 할머니 얼굴이 문청자 할머니 얼굴에 겹쳐진다.

문청자 할머니 뒤를 이어 환자들이 꼬리를 물고 몰려든다. 오후 진료 시작 전부터 대기실이 꽉 찬다. 그녀는 눈 밑으로 비구름처럼 자리 잡은 기미를 감추려고 파운데이션을 덧바른다. 잡티 없이 결 고운 얼굴이었는데 안색이 황톳길처럼 어둑해지면서 피부도 삶처럼 변했다. 립스틱을 진하게 발라 본다. 보라색 매니큐어를 지우려고 아세

톤을 거즈에 듬뿍 묻힌다. 대꼬챙이처럼 마른 환자가 무슨 냄새냐고 인상을 찌푸린다. 접수실 뒤쪽 창문을 열어 두었는데 어느새 닫혀있다. 그녀는 창문을 거칠게 열어젖히고 한 선생을 노려본다. 한 선생이 머쓱한 얼굴로 그녀의 눈치를 살핀다. 문이 꽁꽁 닫혀있으면 가슴이 답답하다. 작은 틈이라도 열어 두어야 숨쉬기가 수월하다. 그녀는 결혼 생활 내내 사방이 벽인 좁은 공간에 갇히는 꿈을 자주 꾸었다. 그때 폐소공포증이 생겼는지 문이 꽉 닫혀있으면 불안하다.

느리게 흘러가던 오후 시간도 어느새 네 시가 훌쩍 지났다. 휴대폰에 어쩌다 찍힌 전화번호는 반갑지 않은 집주인이다. 밀린 집세며 공과금을 며칠 안으로 보내달라고 했다. 젊은 사람이 어쩌 그리 계산이 흐리냐고 덧붙였다. 한두 번 미루다 보면 빚은 금방 눈덩이처럼 불어난다. 통장 잔고는 몇 달째 바닥이고 월급은 들어오기 무섭게 흔적도 없이 사라진다. 바닥을 칠수록 사고 싶은 건 왜 그렇게 많은지 돈이 술술 빠져나간다. 어제도 짝퉁 가방에 눈이 꽂혀 기어이 카드를 긁었다. 그녀의 방 안에는 뜯지도 않은 박스들이 잔뜩 쌓여있다. 그녀는 미래가 그려지지 않는다.

동네 의원은 소소하게 일이 많다. 진료를 보조하는 것 외에 청소며 병원관리까지 온갖 잡일을 다 해야 한다. 그녀는 병원 실내 여기저기 놓인 화분에 돌아가며 물을 준다. 실내공기가 건조하고 탁해서 신경 쓰지 않으면 화초들은 금방 시들해진다. 진료실에 들어서자 역한 냄새가 코를 찌른다. 술과 담배에 절은 중증 당뇨환자가 막 진료받고 나간 뒤다. 그녀는 뒷문을 열고 방향제를 뿌린다. 원장은 같은 말을 무한 반복하는 환자들의 하소연을 늘 담담하게 들어준다. 짜증스러운 환자들을 연민의 마음으로 대하는 게 가능한지 궁금하다. 그녀는 상처받지 않으려고 환자들한테도 날을 세우고 대할 때가 많다.

이름은 말하지 않고 대기실 의자에 비스듬히 앉아 '내가 누군지 알지'하는 얼굴로 빤히 쳐다보는 사람은 밉상 환자다.

"성함이요?"

"내가 여기 몇 년 단골인데 이름도 모르는 거야? 성의가 없는 거 아냐."

이름 석 자 말하는 게 뭐가 어렵다고 노인들은 당연히

알아주기를 바란다. 하루에 100여 명의 환자가 드나드는데 어떻게 이름을 다 기억하라는 건지. 교회에 나오라고 일장 연설했던 목사님이라는 건 기억이 난다. 그녀는 입을 꼭 다문 채 컴퓨터 화면만 쳐다본다. 환자는 꼰대 같은 말투로 직장 생활을 그렇게 하면 안 된다고 나무란다. 이제 시끄러운 잔소리는 선택해서 듣는 노하우가 생겼다. 목사님의 이름이 어렴풋이 떠올라 수신자명에 '조석암'이라고 치자 인적 사항이 뜬다. 목사님이 열나는 것 같다고 접수대 앞으로 얼굴을 바짝 디민다. 고막 체온계를 귀에 꽂으려고 일어서는 순간 그녀의 얼굴에 대고 마구 기침을 하는 바람에 뒤로 멈칫 물러선다. 좁은 대기실에 감기 바이러스를 흩뿌리는 것 같아 신경이 곤두선다.

감기 바이러스는 걸린 사람이 너무 심하게 아파서 외부 출입을 못 하는 것보다 여기저기 놀아다니며 사람들 속에 섞여 재채기도 하고 콧물 훔친 손으로 악수도 해야 다른 숙주들로 옮아갈 수 있다. 병원균의 독성은 그 전염 메커니즘에 따라 각각 다르게 진화한다. 반면 말라리아 병원균은 감염된 사람이 중간 숙주인 모기를 잡을 기력조차 없을 정도로 아프게 만든다. 감기에 걸려 죽는 사람은 많지 않아도 말라리아에 걸리면 생명이 위태로운 게 그 이유다. 종일 감기 환자들로 붐비는 병원에 있다 보면 감기에 걸릴 확률이 더 높아진다는 결론이다. 그녀는 찜찜해서 수건으로 얼굴을 닦고 흐르는 물에 손을 씻는다.

나른하던 공기가 밀려나고 잠시 뜸하던 환자들이 다시 몰려올 시각이다. 한 선생이 주사실에 있는 그녀를 불러낸다. 제약회사 영업사원인 P가 치즈케이크를 들고 서 있다. 그는 피곤이 몰려오는 늦은 오후에 달달한 간식을 자주 사다 준다. 처음에는 주기적으로 방문하는 사람이니 단순한 호의라 생각했다. 그런데 직원들이 P의 애정 어린 시선을 왜 모른 척하느냐고 한마디씩 했다. 어느 날 P가 밖에서 한번 만나자고 했지만 선뜻 대답할 수 없었다. 아직 정리하지 못한 게 있어 걸리기도 했지만, 사람에 대한 상처가 깊어 누군가를 다시 만나는 게 두렵다. 선한 인상의 P를 보면 기대고 싶다는 생각이 들다가도 아직은 아니라고 그녀는 마음을 다잡는다.

유리구슬처럼 투명한 늦가을 햇볕이 길 건너 소아과 2층 유리창에 반사되어 병원 안으로 쏟아져 들어온다. 울적했던 마음이 고슬고슬한 햇살 한 줌으로 환하게 밝아진다.

나라고 늘 이렇게 살겠어. 언젠가는 이렇게 햇빛이 쏟아지는 날도 있겠지. 달달하고 부드러운 케이크 한입에 뻣뻣했던 마음이 말랑해진다.

평화로운 시간도 잠시 휠체어를 타고 온 정씨 할머니를 보자 한숨이 나온다. 혈관이 없어 진땀을 빼는 환자다. 할머니를 모시고 온 요양 보호사가 또 바뀌었다. 새로운 보호사는 말끝마다 짜증이 묻어나는 할머니 옆에서 웃는 얼굴로 시중을 든다. 정씨 할머니가 새로 온 보호사는 말귀를 못 알아듣는다고 불만을 쏟아놓는다. 수더분하게 생긴 보호사가 옷을 내려라, 휴지를 갖고 와라, 물 좀 떠와라, 몸종 부리듯 달달 볶는 할머니 옆에서 쩔쩔매는 것이 안쓰럽다. 할머니는 설사한다고 기어이 수액제 처방까지 받았다. 척추협착증이 있어 허리를 제대로 펴지 못하는 할머니를 보호사와 함께 부축하고 2층 계단을 간신히 올라간다. 겨울나무처럼 앙상한 할머니의 몸이 부러질 것 같아 조심스럽다.

"이런 꼴을 하고 왜 이렇게 오래 사는지 모르겠어. 빨리 죽지도 않고."

자주 듣는 노인들의 레퍼토리다. 수액을 놓기 전에 혈당을 재니 160이다.

"먹은 것도 없는데, 혈당은 또 왜 올라간 겨."

식후 혈당이 그 정도면 괜찮다고 말해도 여전히 불안한 눈빛이다. 할머니는 당화혈색소 검사까지 하고서야 안심하는 눈치다.

"영감이 당뇨로 고생하다 죽어서 그런지 나는 그 병이 제일 무서워. 상처가 낫지 않아 나중에는 발가락까지 절단했잖여."

할머니의 이 소리도 여러 번 들었다. 그녀는 노인들에게 가장 치명적인 건 거동이 불편한 게 아닐까 생각했다. 잘 움직이지 못하면 이런저런 병이 함께 딸려오기 마련이니까. 할머니의 손과 발이 얼음장처럼 차가워 혈관은 눈 씻고 찾아보아도 보이지 않는다. 찜질팩을 팔에 올려주고 혈관이 보이기를 잠시 기다린다. 퇴근 시간이 다 되어 마음이 급하다. 손등과 팔에 가느다랗게 보이는 혈관에 바늘을 꽂았다가 여러 번 실패한다. 가는 혈관에 들어간 바늘은 여지없이 터져서 멍이 든다. 여기저기 벌집 건드려 놓은 것처럼 바늘 꽂은 자국이 선명하다. 선득한 날씨인데 등줄기에서 식은땀이 흐른다. 오기가 생겨 발목에 고무줄을 묶고 발등을 한참 두드린다. 발등에 있는 정맥에 가까스로 바늘을 꽂고 수액을 연결한다. 할머니가 혈관도 없는데 주사 놓느라 고생했다며 고맙다고 인사를 했다. 여기저기 벌에 쏘인 것처럼 흔적이 남은 할머니 팔을 쓰다듬으며 미안한 마음을 전했다. 안 되는 날은 다른 사람한테 넘겨야 하는데 대신해 줄 사람이 없다. 폴대를 한껏 위로 올리고 수액실을 나오자 한숨이 나온다. 맥이 빠져 계단을 내려가다 발을 헛디딜 뻔했다.

어느새 해가 지고 땅거미가 내려앉는다. 환자들의 발길이 뚝 끊어진다. 퇴근할 채비를 미리미리 해 놓아야 제 시간에 병원을 나설 수 있다. 전화벨이 요란하게 울리는데 받지 않는다. 병원 문 닫는 시간을 묻거나 가고 있으니 기다려 달라는 전화인 경우가 많다. 금방 온다는 환자를 기다리다 보면 퇴근 시간이 속절없이 늦어진다. 세척한 설압자를 소독기에 넣고 가벼워진 발걸음으로 2층 계단을 내려온다. 그때 중년 남자가 문을 거칠게 열고 안으로 들어선다. 남자의 얼굴이 험상궂다.

"씨팔, 왜 전화 안 받아? 사람 있으면서,"

"문 닫을 시간이거든요."

그녀도 화가 나서 또박또박 말한다. 남자는 배를 움켜쥐고 계속 욕설을 내뱉는다. 그녀가 혈압을 재라고 하자 남자가 배가 아픈데 혈압은 왜 재냐고 소리를 지른다. 남자가 대기실 의자를 발로 툭툭 차자 한 선생이 무섭다며 그녀 뒤로 숨는다.

"그렇게 급하면 응급실로 갈 것이지……."

그녀가 혼잣말로 투덜거리자 남자가 눈을 치켜뜨고 노려본다. 남자한테서 알코올 냄새가 훅 끼친다. 그녀도 움찔 뒤로 물러선다. 원장이 진료실 문을 열고 환자의 이름을 부른다. 방금 들어간 남자의 눈빛이 몹시 거슬린다. '나쁜 새끼'라고 중얼거리다 남편의 교활한 눈빛이 떠올라 소름이 돋는다.

그녀는 거칠고 무례한 남자를 보면 적대감이 생긴다. 남편과 헤어질 무렵에 그녀는 자신이 두려웠다. 무채를 썰다가, 생선을 손질하다가도 칼만 잡으면 돌아서서 남편을 찌르고 싶은 충동이 일었다. 남편이 들어오지 않는 날은 여러 가지 사고를 가정하며 지상에서 영영 사라지는 상상을 했다. 꼭 무슨 일을 낼 것만 같아 그녀는 더 이상 그 집에서 살 수가 없었다. 무례한 남자를 보면 여지없이 감정이 파도를 탄다. 의식이 관장하는 껍데기는 얄팍하다. 상처가 아픈 기억이 되기에는 아직 시간이 더 필요하다.

한바탕 난리를 쳤던 환자는 기본 혈액검사와 복부 엑스레이 촬영까지 했다. 하지만 특별한 것이 없어 주사를 맞고 돌아갔다. 원장이 그녀를 불러 환자들에게 좀 친절하게 하라고 일장 연설을 늘어놓는다. 그녀는 울지 않으려고 눈을 크게 뜨고 진료실을 나온다. 한 선생이 문단속은 자기 혼자 할 테니 먼저 가라고 그녀의 등을 떠민다.

"원장님은 환자들밖에 모르는 것 같아요. 직원들 고충은 안중에도 없고. 쌤, 집에 가서 푹 쉬세요."

생전 남 흉볼 줄 모르는 한 선생이 그녀를 위로한답시고 한 말이다. 그녀는 한 선생이 가까운 사람처럼 느껴져 피식 웃는다.

그녀는 맥이 빠져 귀갓길을 서두른다. 비어있는 위장에서 계속 신호를 보낸다. 집에 가도 먹을 것이 없어서 편의점에 들러 라면을 산다. 한쪽 팔과 다리가 불편한 할아버지가 차디찬 삼각김밥으로 저녁을 때우려는 모양이다. 꼬깃꼬깃 접은 지폐를 점원에게 건넨다. 검은 봉지를 든 할아버지가 위태로운 걸음으로 언덕을 올라간다. 주택과 빌라가 밀집해 있는 이곳은 외로운 섬처럼 고적한 동네다. 한 번 발을 디딘 섬은 빠져나가기 쉽지 않다.

냉장고 속에는 유효기간이 지난 우유, 술 한 병, 먹다 만 해독주스뿐이다. 집에서는 한동안 밥을 먹지 않았다. 불규칙한 식사와 잦은 음주로 위장은 온통 상처투성이라 수시로 속이 쓰리고 아팠다. 지난번처럼 또 위경련이 올까 봐 더럭 겁이 난다. 잔에 따라놓은 술을 개수대에 버리고 텔레비전을 켠다. 채널을 돌리다가 원숭이가 나오는 화면에 시선이 머문다. 어떤 상황을 설정하고 시험해 보는 프로그램인 것 같다.

'원숭이 한 마리가 우리 속에 갇혀있다. 사납게 생긴 개 한 마리가 우리 주변을 어슬렁거리면서 컹컹 짖어댄다. 원숭이는 잔뜩 겁에 질려 소리를 지른다. 다른 원숭이 한 마리를 데려와 겁에 질린 원숭이 곁에 앉힌다. 개가 다시 우리 주변을 맴돌면서 사납게 짖는다. 그런데 두 원숭이 다 전혀 두려워하지 않는다.' 두 마리가 우리 안에 같이 있자 스트레스를 받지 않고 심리적으로도 안정된 모습이다. 아무 원숭이나 함께 있다고 스트레스가 감소하는 건 아니라고 한다. 오래 알고 지낸 사이, 즉 좋은 친구가 곁에 있을 때만 효과가 있다고 했다. 방송을 진행하는 심리사의 부연설명이 이어진다. 사람의 경우는 원숭이와 달라서 친구가 반드시 곁에 있어야 불안이 덜어지는 건 아니란다. 가족이나 친구 그 누구라도 자기에게 심정적으로 가까운 사람이 존재하고 자기를 생각하고 있다는 사실을 아는 것으로도 충분히 정서적 지지가 된다고 한다. 아기가 세상에 나올 때 다른 건 몰라도 보호받는 느낌이 무엇인지는 본능적으로 알고 있다는 것이다.

그녀는 텔레비전을 끄고 빈 잔에 술을 채운다. 라면을 안주 삼아 술 한 병을 비운다.

알코올 기운이 전신으로 퍼지자 닫혀있던 마음의 문이 슬며시 열린다. 휴대폰을 열고 P의 번호를 누르자 신호가 간다. 통화종료를 급하게 누른다. 그를 불러내고 싶은 마음이 간절하지만 휴대폰을 서둘러 닫는다. 남편과는 아직 서류 정리를 하지 못했다. 만나지 않고도 이혼할 수 있는지 여기저기 찾아보았지만 불가능했다. 한 번은 만나야 끝낼 수 있을 텐데 그것이 싫어 미적거리고 있다. 술기운 때문일까? 뭐 어떻게든 되겠지 생각한다. 고달픈 현실이 아무것도 아닌 것처럼 느껴지고 잠시나마 영혼이 지상의 중력으로부터 자유로워져 흐느적거리고 부유하는 게 좋다.

시누이의 휴대폰을 지우지 못한 건 두고 온 아이 때문이다. 카톡 창에 올려놓은 아이 사진을 하루에도 몇 번씩 열어본다. 두 돌 무렵 집을 나왔는데 아이는 어느새 훌쩍 커버렸다. 콧대도 살고 눈도 커진 것이 이목구비가 제법 또렷해졌다. 아이들은 자라면서 열두 번도 더 변한다더니. 노란 체육복을 입고 머리카락이 바람에 날려 해맑게 웃고 있다. 어린이집에서 소풍 간 걸까? 아이가 없는 시누이가 데려가 키운다고 했다. 딸아이를 임신했을 때 태교는커녕 남편은 술만 먹으면 행패를 부렸다. 만삭인 그녀를 침대 밑으로 밀어 조산하고 말았다. 아이는 1.9킬로미터로 태어나 인큐베이터에 한 달이나 있었다. 아빠를 꼭 닮은 아이가 산후 우울증 때문에 한동안 눈에 들어오지 않았다. 그 일이 마음에 걸릴 때마다 형편없는 아빠 엄마 밑에서 자라는 것보다 아이를 몹시 기다리던 시누이와 함께 사는 게 더 낫다고 애써 위안한다.

병원 앞 은행나무 빈 가지 사이로 흐린 하늘이 낮게 열렸다. 노인들이 노란 융단을 밟고 줄지어 서 있다. 무료 독감 예방접종을 시작하는 날이다. 병원 안에서는 환자 받을 준비가 한창인데 그녀만 늦었다. 허겁지겁 가운을 갈아입고 접수실로 내려간다. 병원 출입구 문을 열자 사람들이 한꺼번에 몰려든다. 서로 주사를 맞겠다고 아우성인 노인들에게 번호표를 나누어 준다. 문진표와 신분증을 확인하고 의례적인 체크리스트를 점검하는 것도 일이다. 체온을 재고 진료실로 보내면 간단한 진료 후 주사를 놔준다. 옷을 겹겹이 껴입은 노인들은 동작이 굼떠서 미리 주사 맞을 준비를 하라고 해도 소용이 없다.

의학 기술의 발달로 인간의 수명은 길어졌다. 연장된 수명만큼 노인들 삶의 질이 높아진 건 아니라는 게 문제다. 하지만 실병이나 통증에 민감하게 반응하는 사람들이 많다. 조금만 아파도 여러 병원을 전전하는 건강염려증 환자도 많아졌다.

폐렴이나 대상포진 예방접종에 대해 문의하는 노인들이 많다. 접종 주사약 금액이 만만치 않아 형편이 어려운 노인들이 맞기에는 부담스럽다. 안 맞으면 큰일 날 것처럼 떠들어 대는 분위기 탓에 노인들의 불안심리가 더 증폭된다. 그녀도 몇 년 전에 대상포진을 앓았다. 신경을 따라 생긴 수포는 바늘로 찌르는 듯한 통증이 있었지만, 며칠 지나니까 수그러들었다. 앓고 난 후에는 면역을 획득한 듯 입 주변에 생기던 단순포진도 사라졌다. 대부분 그렇게 앓고 지나가는 것인데 마치 예전에 없던 병이 새롭게 생겨난 것처럼 떠들어 댄다. 고가의 예방접종 주사제를 만들어 놓았으니 소비할 사람이 필요한 모양이다. 그냥 모르고 넘어가도 될 것을 아는 게 병이다.

오후에도 접종 대상 용지를 들고 오는 노인들이 끊이지 않는다. 나이가 들면 씻는 것도 무뎌지는 걸까? 혼자 사는 노인들의 고독은 지독한 냄새로 다가온다. 주사실은 두 사람만 있어도 꽉 찬 느낌이다. 라벤다 향의 방향제와 뒤섞인 알 수 없는 냄새로 머리가 지끈거린다. 주사실 창문을 열자 시원한 바람이 역한 냄새를 일순간에 몰아낸다.

고단했던 하루가 저물어 간다. 끊이지 않고 밀려들던 노인들도 줄어들고 거리에 차들도 하나둘 불을 밝히기 시작한다. 400명이 넘는 노인들이 병원을 다녀갔다. 그녀는 코끼리 발목처럼 퉁퉁 부은 다리를 끌고 뒷정리를 서두른다.

직원들 모두 절여놓은 파김치가 되었다. 내친김에 직원들도 독감 예방접종을 하고 가자는 말에 그녀는 슬며시 자리를 빠져나온다. 그녀는 틈만 나면 민트향의 치약 거품을 물곤 한다. 싸움닭처럼 이 사람 저 사람과 부딪치며 종종거리던 병원 실내를 물끄러미 내려다본다. 오늘은 입에 거품 물고 있을 틈이 없었다.

예방접종 때문에 정신없이 며칠이 흘러갔다. 그녀는 문득 얌전이 할머니가 생각나서 수신자명에 이름을 쳐본다. '의료보험 자격상실'이란 글자가 화면에 뜬다. 그녀는 믿기지 않아서 몇 번이고 다시 눌러본다. 식은땀을 흘리던 얌전이 할머니의 마지막 모습이 떠올라 대기실 빈 의자를 쳐다볼 수가 없다. 삶과 죽음의 경계가 한 발짝 내디디면 간단하게 넘을 수 있는 선처럼 느껴진다. 할머니는 오랫동안 위장약을 달고 살았다. 얌전이 할머니가 유독 마음에 걸렸던 건 세상을 향해 제 목소리 한 번 내보지 못하고 사는 것이 안타까워서였다. 그림자처럼 쓸쓸하게 살다 간 할머니의 인생이 그녀의 미래 모습일지도 모른다는 생각이 든다.

기온이 점점 내려가면서 감기 환자가 많아졌다. 그녀도 요즘 컨디션이 영 좋지 않다. 설압자를 소독기에 넣고 내려오는데 TV에서 첫눈이 내릴 거라는 일기예보가 들린다. 노란 국화꽃 한아름이 문 안으로 들어온다. 자잘한 꽃송이가 넘치도록 핀 화분을 들고 온 사람은 화원을 하는 미경 씨다.

"선생님, 기분전환 하시라고. 근데 오늘 많이 지쳐 보이시네요."

제법 큰 화분을 가뿐하게 건네준다. 병원이 다 환하다고 인사를 하자 별것 아니라고 겸연쩍게 웃는다. 작년 이맘때도 미경 씨가 보라색 국화를 선물해 주었다. 그리고 보니 그전에는 빨간 열매가 달린 만냥금도 받았다. 미경 씨는 그녀와 동갑내기인데 마음 씀씀이는 넉넉한 큰언니 같다. 체격이 좋은 그녀는 고혈압과 당뇨가 있다. 혈당조절 하려면 식습관을 개선해야 한다고 말해 주었지만, 농장에서 일하려면 잘 먹어야 힘을 쓸 수 있다고 한다. 미경 씨가 혈당 체크하기 겁난다고 조심스럽게 손을 내민다. 식후 두 시간 혈당이 300이다. 진료실을 나온 미경 씨의 한숨 소리가 깊다.

"원장님한테 또 혼났어요. 정말 혈당이 잘 안 내려가네요."

금방 싱글벙글 웃는 얼굴로 병원 문을 나서는 미경 씨는 씩씩해서 보기 좋다. 드문드문 꽃망울 맺힌 몇 송이를 빼고는 국화꽃이 활짝 피었다. 그녀는 국화 향기에 눈물이 핑 돌아 꽃송이에 얼굴을 묻는다.

으슬으슬 춥고 오한이 든다. 온몸을 주저앉히는 걸 보면 그냥 감기가 아니라 독감인가. 그녀는 따뜻한 방 안에서 쉬고 싶은 마음이 간절하다. 호되게 앓고 나면 아픈 상처들도 면역력을 얻게 될까? 국화 향기 그윽한 병원 문을 나서며 그녀는 겨울이 저만치 오고 있는 것 같아 어깨를 잔뜩 웅크린다.

해설

일곱 개의 병실 속 돌봄 윤리

황효숙(서울여자간호대학교 교수)

최근 윤리학의 방향은 주체에서 타자로 이동했다. 근대적 발전 논리를 이루었던 주체의 자율성이나 합리성에 대한 의문이 제기되면서 타자의 소외나 배제를 비윤리적 행위로 비판하는 목소리가 커졌기 때문이다. 이런 주체에서 타자로의 초점 이동을 보다 심층적 차원에서 담론화할 때 부각되는 것이 바로 돌봄 윤리이다. 특히 2000년대 들어 이런 돌봄 윤리가 부각되는 것은 공감, 헌신, 협력 등의 가치가 위협받는 돌봄 위기 상황이 반영된 결과이다. 여성적 관계 지향적 자아가 돌봄 윤리로 연결되는 것을 약점이 아닌 강점으로 전환시키고 있다는 것이다. 이에 대한 대안으로 돌봄의 행위를 보편적 윤리로 확대하자는 것이 요즘 분위기다. 공정함이나 권리, 규율보다는 공감이나 연민 등의 정서적 참여를 통해 인간관계 속에서 실천되는 돌봄의 윤리가 더 중요하다는 각성이기도 하다.

최영희의 『일곱 개 병실이 있는 집』은 우리 문학 풍토에서 비교적 소홀하게 참여하였던 돌봄의 아이콘인 간호사의 관점을 본격적으로 다루고 있다는 의미에서 매우 주목할 만한 작품집이다. 병원은 생과 사의 갈림길에서 수많은 이야기를 품고 있는 문학의 보고 공간이다. 그곳에서는 간호사들은 질병으로 와해되어 가는 환자들의 삶에서 인간의 한계와 마주칠 수밖에 없는 아픔을 함께 나누며, 희망과 절망이 교차하는 순간을 목격한다. 고통과 슬픔을 한축에 두고 치유와 회복을 다른 한 축에 두면서 이루어지는 간호 행위는 문학의 속성과 닮아 있다. 간호사의 일이란 분명 인간 존엄에 바탕을 둔 인권 존중의 돌봄 행위일 것이다.

이 소설집에 실린 7편의 작품들은 간호사의 눈을 통해 병원이라는 세계와 그 안에서 펼쳐지는 다양한 질병의 이야기를 담고 있다. 우리 곁에서 만날 수 있는 구체적 사람들의 내면과 외면의 드라마를 아주 실감 나게 엮어놓았다. 달리 표현하면 『일곱 개 병실이 있는 집』에서의 병실은 작품의 뼈대를 이루고 있기는 하되, 그 병실에는 인간의 여러 질환과 고통이 단순한 치료적 원리에 남아 있지 않고 구체화되어 있어 돌봄적인 입장에서 보면 소설은 거의 윤리적인 나태, 회피로 여겨질 수 있는 위험한 발언과 사고들이 펼쳐지고 있다. 간호라는 이름으로 행해지지만 본래의 간호 개념과 서로 충돌하고 삼투하는데, 그 충돌과 삼투 현상이 작품에 생명을 부여하고 소설의 맛을 더해 준다.

돌봄은 라틴어 큐라(cura)로 걱정, 염려, 보살핌이다. 파생된 언어로 security(보안), cure(치유하다), secure(안전한), curious(호기심이 많은), accurate(정확한), curator(큐레이터, 관리자), procurator(대리인), proxy(위임) 등의 의미를 가지고 있다. 돌봄은 주목하여 바라보는 것, 사랑의 눈으로 보는 것이다. 즉 돌봄은 인간을 인간답게 하는 가장 중요한 특성으로, 타인이 건강하게 생존할 수 있도록 도움을 제공하는 행위를 말한다.

최근, 돌봄의 개념이 극적으로 확장되고 있다. 건강이나 나이 때문에 자립하기 어려운 사람을 가족이나 주변 사람이 보살펴 주는 것이 종전의 돌봄 개념이었다면, 이제는 누구나 보살핌을 받을 수 있고 누구든 돌볼 수 있는 시대가 됐다. 배려 돌봄, 정서 돌봄, 관계 돌봄 등 누가 누구를 어떻게 돌보느냐를 기준으로 크게 주목하여 바라보는 것이다.

최영희의 소설들은 자기 돌봄의 윤리를 본격적으로 서사화하고 있다. 「이상한 날」, 「연소중후군」, 「즐거운 부고」, 「온누리에 축복을」, 「검은 새」, 「유턴」, 「환절기」에서 자기 돌봄의 윤리가 처한 현실 속 곤궁함과 미래의 확장성을 동시에 문제 삼는다. 이 소설들은 공통적으로 기존의 돌봄 윤리가 지니는 관념성과 억압성을 비판하면서 이와 공모하는 가부장제나 자본주의 폐해를 적나라하게 폭로하고 있다.

돌봄 윤리의 기본 전제는 인간 모두가 돌봄을 필요로 하는 취약한 존재라는 것이다. 인간은 누군가가 탯줄을 끊어 주지 않으면 분리된 개체가 되지 못하며, 신생아가 머금고 있는 입안의 양수와 이물질을 제거해 주지 않는다면 숨통조차 혼자 힘으로 열 수 없는 취약한 존재다.

인간은 갓 태어난 사슴처럼 몇 분만 있으면 제힘으로 벌떡 일어나 부모를 따라다니며 자력으로 먹이를 구하지도 못한다. 이러한 우리의 취약성은 인류라는 인간 종의 공통되고 보편적인 생물학적 특성이다. 취약한 인간이 살기 위해서는 누군가에게 의존해야 한다. 영양을 섭취하고 각종 위험에서 안전하기 위해, 나아가 사회에 적응할 수 있는 인격체가 되기 위해 나 아닌 남의 손길이 있어야 하며 이에 의존해야 한다.

의존성은 이제 어엿한 성체가 된 모든 성인이 성찰하고 반추하지 않으면 잊고 지내기 쉽고 무지해지기 쉬운 개개인에게 이미 체득되고 체화된 사실적 삶의 일부이다. 의존성은 수치스럽거나 남부끄러워해야 할 근거가 되지 않으며 사회적으로 비하하거나 낙인찍을 수 있는 근거도 아니다. 인간의 취약성과 의존성은 개개인의 선택이라기보다 비선택적이고 우연적이지만 인간 모두에게 피할 수 없는 보편적인 사실이다.

조안 C 트론트의 주장처럼 "사람은 일생을 통해 돌봄의 필요와 능력이 달라지기는 해도 언제나 돌봄의 수혜자이자 제공자"라는 인식이 돌봄 윤리의 기본 전제에 해당한다. 최영희의 소설집 『일곱 개 병실이 있는 집』에 등장하는 근무자들도 예외는 아니다. 돌봄 제공자는 돌봄 의존자를 돌보는 데에 집중하기에 정작 자기 자신은 돌봄을 제공받지 못하게 되는 경우가 많지만, 이런 돌봄 제공자에게도 돌봄이 제공되는 것이 중요하다는 것을 보여준다. 누구든 예외 없이 돌봄 윤리에 의존할 수밖에 없고, 누구는 다른 사람보다 더 길게 그리고 더 많이 돌봄을 필요로 하기 때문이다.

101호의 이상한 날

「이상한 날」에서 코로나 백신 접종자와 주사실 간호사 사이의 관계가 얼마나 위험한지를 돌봄 윤리의 차원에서 문제 삼고 있다. 소설은 시간을 제시하며 다큐멘터리를 보여주듯 진행된다. 백신 주사의 종류 화이자, 모더나, 아스트라제네카에 대한 설명, 백신 접종자들의 백태, 막무가내 환자. 노인 환자 애로점, 할머니 환자의 특징, 용 문신 고양이 문신 환자, 환자가 바라보는 의료진, 주사액 카운트 긴장, 아나필락시스 20분 대기 후 귀가 조치 등 실제 상황을 찍은 듯이 실증 자료를 근거하여 사건을 구성하고 있다.

간호사는 용감하다. 아니 하나도 이상하지 않은 간호사의 코로나 확진. 소설은 서로 적처럼 대립하고 있지만, 숨어 있는 진짜 적은 코로나-19 같은 바이러스라는 것을 표면화한다. 소설은 돌봄 자체에 대한 의문과 현실적 한계에 대한 고려 없이는 돌봄의 가치가 평가 절하될 수 있음을 지적한다. 돌봄 윤리 자체가 일방적이고 이타적인 상실이 아니라 관계적이고 자기 보존적인 선택에 토대를 둔다는 측면을 부각할 수 있기 때문이다.

102호의 연소증후군

「연소증후군」은 보호감호소의 폐쇄병동 간호사가 화자인 소설이다. 이곳에 수용된 환자들은 너무도 분명한 범죄 가해자다. 반사회적 인격자, 정신질환자, 약물중독 등으로 사회적 물의를 일으킨 사람들을 정신감정 후 수감하는 곳이라 폐쇄병동이 있는 병원이다. 이들은 교도소에 가두기 전에 치료가 우선이다. 자신이 지금 무슨 병을 앓고 있는지, 그리고 그 병으로 인해 무슨 짓을 저질렀는지를 명확히 인식하고 난 다음에야 참회와 반성, 처벌이 가능하다.

치료는 범법 정신질환자 개개인을 위한 복지서비스가 아니다. 이들을 치료하는 일은 결국 재범 방지로 이어진다.

보호감호소의 치료소라는 무대 설정과 거기에서 만나는 여러 인간군의 삽화가 새롭다. 소설은 현실을 바탕으로 하면서도 현실과는 또 다른 낯선 모습을 통해 우리에게 역설적으로 다시 현실의 문제를 이야기한다.

「연소증후군」에서는 '보호감호소'라는 단어를 통해 그런 억압적 제도가 얼마나 교묘하면서도 체계적으로 공생 관계를 왜곡시켰는지 아이러니하게 보여주고 있다. 가해자와 피해자의 구분을 무화시키는 권력의 작동 방식이 가장 강력한 지배 전략임을 암시해 주는 소설 제목이기도 하다. 그래서 전형적인 방법으로는 소설 해석이 안 되는 부분도 있다. 환자들은 마약하고 성폭행하고 탈주했던 자, 본드 마시고 사고 치는 중독자, 필로폰 중독 상태에서 만삭의 임산부를 성폭행한 자도 있다.

자신들의 인권을 보호해 달라고 인권위원회를 만들고 "걸핏하면 고소장을 써내는 환자들 때문에 머리가 지끈거리는 사람이 한둘이 아니다. 고소장의 내용도 다양했다. 의사가 달라는 약을 안 준다고 불만이거나 간호사가 친절하지 않다고 항의하는 건 기본이다." 소설은 진지하고 긴장 속에서 진행되다가 '촌스런 가방을 보내는 남편'의 코믹한 심리추정으로 유쾌하다가 또 언제 그랬냐는 듯 다시 긴장 속으로 몰고 간다. 불안한 예감은 틀리지 않았다.

어린 나이에 부모의 이혼으로 버림받고 경찰서와 병원을 왔다갔다 하던 진수는 결국 자살을 택하며 삶을 내려놓았다. 진수에게 어쩌면 자기 말에 귀를 기울여주던 단 한 사람일지도 모르는, 마음으로 의지했던 화자가 다시 본드 흡입을 하고 병동으로 돌아온 자신에게 실망하여 마음에서 놓아버림으로 오는 철저한 외로움을 견디기 힘들었을지도 모를 일이다. 화자는 진수가 목을 맨 사건으로 감봉당하고 근무지도 바뀌게 된다. 인간은 취약한 인간의 의존성을 조우했을 때 뭔가를 해줘야 한다는 마음을 외면하지 않아야 비로소 윤리적 인간이 된다. 이를 외면한다면 미처 윤리적 존재가 아닌 금수나 짐승만도 못한 존재가 되는 것이다. 환자를 향한 돌봄 윤리가 자신이 의무를 느껴야 할 대상에 다른 사람들뿐만 아니라 자기 자신도 포함된다는 것을 의식하게 하는 소설이다.

폐쇄병동 돌봄 윤리는 스스로를 유기하거나 착취하는

부정적 윤리가 아니라 자기 자신을 책임지기 위해 스스로 선택하는 긍정적 윤리라는 사실을 부각할 수 있는 것이 '연소증후군'이다. 자기 자신 역시 돌봄의 대상으로 포함시킴으로써 스스로를 보호할 수 있다면, 돌봄 윤리가 지니는 한계를 적극적으로 보완할 수 있기 때문이다.

103호의 유턴

「유턴」은 늙음과 죽음에 대한 성찰을 보여주는 소설로도 읽을 수 있고, 희생 중심의 돌봄 행위로 인해 오히려 돌봄 노동이 제대로 평가받지 못한 채 사적이고 감정적인 차원에서 희생당하는 돌봄 윤리의 소설로도 볼 수 있다.

'독수리 5형제'란 팀명으로 다섯 명의 오랜 친구 이야기다. 10년 넘게 시어머니 병수발한 현숙의 돌봄 노동에 대한 부당한 대우가 적나라하게 폭로되고 있다. '효행상', '착한 여자 콤플렉스는 오랫동안 켜켜이 쌓인 견고한 퇴적층이라 시대가 바뀌어도 좀처럼 벗어날 수 없다'는 것이 더욱 문제다.

소설 속 친구들은 모두 돌봄을 제공하는 자들이다. 순영은 생활보호사다. "담당은 일흔, 여든 넘은 할매들 다섯 명이거든. 얌전한 할머니도 있고 성질도 걸걸하고 욕심 많은 할매도 있다. 노인들 대부분 혼자 산다. 자식들이 있어도 잘 안 오니까 다들 외로븐기라." 경자는 아흔아홉까지 사신 시할머니, 시부모님 다 돌아가시고 한시름 덜었다 했더니 이제 남편이 속을 썩인다고 팔자타령을 했다.

베이비부머 독수리 5형제의 세대는 독특한 세대라 부모한테 받은 것도 없고 부모님들 또한 먹고살기 바빠서 자산을 축적하고 나이가 든 게 아니라 노후 준비가 안 되어 있다. 그래서 부모를 사적으로 봉양해야 하는 짐을 지고 있을 수밖에 없다. 자식한테는 아낌없이 투자해 뒷바라지했지만 정작 자식들한테 아무것도 바라면 안 되는 처지이다.

영주는 딸이 육아휴직을 마치고 다시 직장으로 돌아가자 육아를 고스란히 영주가 떠안게 되었다. 이런 양극단 사이에서 돌봄 윤리를 바라볼 때 더욱 중요한 것은 돌봄 제공자로서의 60대 '독수리 5형제'가 머지않아 돌봄 의존자의 위치에 선다는 것이다. 이러한 상황과 위치가 당대의 한 개인으로서의 여성 문제가 아니라 고대로부터 이어 온 인류사 전체의 문제라는 것이 '유턴'이라는 제목의 의미이

기도 하다.

인간은 취약하고 의존적인 존재로 태어나 돌봄을 받아야 살 수 있는 존재일 뿐만 아니라, 돌봄을 통해 인격체로 성장하고 돌봄을 통해 삶의 의미를 만들고 돌봄을 통해 삶을 마감하는 존재다. 불가피하게 누군가가 해야 하는 부담일 수밖에 없는 돌봄 책임은 모든 인간의 삶에 지대한 영향을 미친다. 나아가 돌봄 윤리에서 근간을 이루는 양보나 손해 등의 희생의 윤리보다는 자본의 영향으로부터 자유롭지 못하다. 막내며느리 현숙이 10년 넘게 뇌졸중으로 쓰러진 시어머니 "병수발 다하고 돌아가실 때쯤 되니까 큰아들이 장남 노릇 한다고 몇 달 전에 모시고 갔어. 재산 때문에 머리 쓴 거지 뭐." 현숙의 상황은 희생이라는 정신적 가치의 자본화를 그대로 입증해 주고 있다. 돌봄 제공은 돌봄 수혜로, 부모 자식에 대한 양육마저도 경제적 가치로 환산되는 시대일 때는 돌봄 윤리가 자본으로부터 자유롭지 못하다는 것은 지극히 당연하다.

104호의 즐거운 부고

「즐거운 부고」에서 보여주는 자기 돌봄은 우리 모두가 어느 엄마의 자식이듯 돌봄에 필연적으로 관계된 존재들을 전제한다. 그렇기에 관계를 단절하기보다는 관계를 유지할 것을 권장한다. 한 사람이 존재한다는 것은 다른 존재들과의 연결과 관계 속에서만 가능하다는 것을 확인해 주는 돌봄 윤리다. 여기서 자기 돌봄은 자기애나 이기주의와는 다른 차원에서 일반적 돌봄 윤리의 취약성이나 비대칭성 모두를 보완하면서 생산적 가치를 더욱 확장하고 있다. 타자의 필요와 고통의 호소에 반응을 보이는 것, 그런 상호반응을 통해 사회를 지속시키고 재생산하기 위해 인간이 행하는 모든 활동이 돌봄이다. 이것은 돌봄이 특수한 상황에 처한 사람에게만 해당하는 사안이 아니라 누구나와 연루된 문제임을 강조하기 위함이다.

「즐거운 부고」는 삼형제에 대한 이야기다. 형님은 시골 우체국 노조위원장으로 지방 유지다. D시 체신청에 근무하는 동생은 사무관 진급을 앞두고 있다. 화자인 둘째는 중소기업에서 지방근무 중이다. 소설에는 죽음에 대한 이야기가 여럿 등장한다. 그중 두 개는 죽음을 예고하는 이야기다. 하나는 형수의 터미널 병상이고 또 하나는 초등학교 친구 아버지의 죽음에 대한 예고이다. 형님은 폐암 선고 받은 형수를 위해 유명한 지관한테 묫자리를 잡아놓고 떠날 걸 준비했다. 형수는 설악산 단풍 구경 가고 싶었는데 이제는 못 가겠다고 눈물을 글썽였다. 형수는 천날 만날 밖으로만 나돌았던 형님에게 숨이 턱까지 차올라 얼굴이 시퍼레지며 악을 썼다. 산 사람은 먹고살아야 하지 않느냐고 국에 밥을 말아 허겁지겁 먹고 있는 형님도 몹시 지쳐 보였다.

친구 김현직은 학창 시절 내내 앞서거니 뒤서거니 하던 동창이다. 김현직은 청장인데 청장 부친이 쉬이 떠나지 않고 죽을 고비를 몇 번이나 넘겼다고 했다. 날이 추워지면 초상 치르기 힘든데 그 영감님 명줄이 너무 질기다고 불만이었다. 동생의 사무관 진급은 청장의 역할이 중요했다. 형님과 동생은 청장과의 관계에 신경을 썼다. '즐거운 부고'가 될 수 있는 것은 형님의 역할 때문이다. 형님은 상여 앞에서 요령을 흔들며 저승길을 안내하는 앞소리꾼을 자처했다. 동생도 만장을 들고 맨 앞에 섰다. 가족의 죽음보다 할 일을 주는 청장 아버지의 부고 소식이 그래도 낫다는 것이다. '즐거운 부고'도 있다.

「즐거운 부고」에 등장하는 돌봄은 인간의 의존성과 관계된다. 인간은 처음부터 관계적인 존재이며 누구나 의존 속에서 살아간다. 의존의 정도와 내용은 구체적이고 특수한 존재인 개인의 맥락에 따라 다르다. 추상적 존재인 인간에게 보편적 원칙을 적용하는 것이 아니라 구체적 존재인 인간의 상황과 요청에 응답하는 것이 돌봄의 핵심이다.

소설 속 화자의 자기 돌봄은 근본적으로 관계 안에서 관계를 갱신하고 새로운 관계를 만든다. 형제들과의 관계를 통해 부당한 대우를 받았던 과거의 자기를 해체하고, 희생을 부당거래 하는 현실에 대해 적극적으로 반응하면서 자기 서사를 통해 저항하며, 자기 돌봄 윤리 내부에서도 발생하는 차별과 한계를 극복하기 위해 자기 갱생의 단계까지 나아가고 있기 때문이다. 이처럼 돌봄의 의미를 넓게 보면 서로 협력해서 만든 관계라는 의미의 사회가 재생산되는 것이다. 소설 속 자기 돌봄 윤리는 감정과 사고의 내적 정신세계를 자신과 타인이 들을 수 있는 관계의 열린 공간 속으로 불러내는 통로 그 자체라고 할 수 있다.

105호의 검은 새

「검은 새」는 청소년 상담사 김미선의 이야기다. 장애가 있는 아들을 돌보는 것의 어려움이 소설의 서사를 지배하고 있다. 그녀의 아들은 고등학교 때 뇌염 앓고 난 후유증으로 인지장애가 있다. 합병증으로 기억력 장애, 신경학적 장애 및 경련성 발작, 치매, 간질, 실어증으로 정신지체 상태이다. 가기 싫다는 아들을 어르고 달래서 산속에 있는 '사랑의 공동체'로 데리고 갔다. 한 달이 지나고 자기를 데려가지 않으면 죽어버리겠다고 협박해서 석 달 만에 집으로 데려왔다.

'미치겠다. 언제까지 이러고 살래! 저 자식 뛰어내린다고 난리 칠 때 그냥 둘 걸.'
"좋은 대학 보낼라고 그랬다. 나처럼 살지 말라고. 저래 될 줄 우째 알았겠노. 나도 지금까지 죽자고 일만 하고 살았다. 근데 짐은 벗어날 길이 없고 회사에서는 언제 짤릴지도 모르고, 준이 저그 누구한테 짐 안 되게 하려면 돈이라도 있어야 하잖아. 당신은 현재만 생각하지? 나는 저놈 앞날 생각하면 불안해서 잠이 안 온다."

"그래, 인간 구실 못할 놈 언제까지 끼고 있노. 보고 있으면 숨이 턱턱 막혀 내가 죽을 지경이다. 도망가고 싶은 건 당신도 마찬가지잖아."

위의 내용은 아들의 장애를 수용하지 못하고 있는 부정 상태이다. 그러니까 이 소설은 희생 중심의 돌봄 행위로 인해 오히려 자신이 희생당하는 부모로서 겪고 있는 부모가 잃게 될 많은 것들과 부모가 봉착할 사회적 폭력들을 통해, 실은 부모에 대해 쓰고 있는 돌봄 윤리의 소설로 볼 수 있다. 특히 청소년 상담사인 어머니는 아들에 대한 돌봄 상황을 소설의 시작과 끝에 배치되면서 중요 서사를 진행하고 있다. 여기에 주목하면 더욱더 돌봄 윤리의 측면에서 이 소설을 해석할 수 있다.

인간의 취약성은 비단 영유아 시기에 국한되지 않는다. 건장한 성인이 되더라도 불의의 사고를 당할 수 있으며, 사고의 경중과 회복의 차도에 따라 취약성은 높아진다. 모두가 취약성에 기반한 생로병사에서 예외이고 불운에서 안전하고 싶지만 그 누구도 예외가 아니다. 취약성은 인간 보편의 특성이자 객관적인 생명의 조건이다. 그녀는 본능적, 선천적 모성의 절대성만이 아니라 경험적, 후천적 모성의 현실성을 동시에 경험하고 있다는 점에서 상처 입은 윤리적 주체가 된다.

"당신 요즘 준이만 보면 땅이 꺼져라 한숨 쉬고, 애 못마 땅해 죽을라 하더라. 쟤가 저렇게 된 게 누구 때문인데, 당 신은 그거 잊으면 인간도 아이다."

"위선, 함부로 말하지 마. 당신은 입이 열 개라도 할 말 없어. 준이 그날 열이 펄펄 나서 병원 데려간다고 나서는 걸 기어이 학교 보내고 시험 끝날 때까지 아픈 티 내지 말 라고 억지 부린 게 누군데. 당신 못 말렸던 나도 병신 같아 서 입 다물고 살았지만 우린 둘 다 죄인이야."

"그래도 어떻게 포기할 생각을 하냐. 우리 아니면 어디 가서 살 수도 없는 애를. 나도 더 이상 당신하고 살기 싫다. 내가 나갈 수는 없고 당신이 방 하나 얻어 나가라."

위의 내용은 아들의 장애 상태에 대한 죄의식과 원망으로 가득한 상태이다. 아들의 상태를 서로 탓한다. 부모 간에 서로 어긋나는 논쟁이나 갈등을 있는 그대로 제시하는 것은 돌봄 윤리 차원에서 끊임없이 묻고 생각하고 또 반문한 고뇌의 기록으로 읽어야 할 부분이다.

부모는 아직도 자신의 운명을 받아들이는 것을 지적으

로나 정서적으로 미루려고 한다. 이것은 장애 진단에 대한 부모의 반응 단계이론에 드러나는 첫 번째 충격과 부정 다음에 오는 두 번째 원망의 단계이다. 세 번째는 흥정의 단계로 부모는 부모의 감정이 자연스러운 것임을 깨닫는다. 네 번째는 좌절과 낙담의 단계로 바라던 자녀의 상이 사라짐에 따라 마치 고별하는 것과 같은 애도의 감정이 나타난다. 다섯 번째 수용의 단계에 도달하면 새로운 훈련기법을 배우고자 한다.

그런데 "아들 방문이 열려 있어 가슴이 덜컥했다. 준이가 보이지 않는다. 열린 창문 너머 하얀 세상이 바람을 타고 다가온다. 내 그림자와 연결된 검은 새의 그림자가 창문 밖으로 길게 늘어져 있었다." 부모가 수용의 단계에 가기도 전에 아들의 방어기제가 일어났다. 반동형성이다. 무의식에 있는 용납될 수 없는 생각, 소원, 충동, 욕구로부터 벗어나고자 과도하게 억압하다가, 그와는 정반대의 감정이나 행동을 겉으로 표현한 것이다. 마음을 알아서 막아주어야 한다. 그녀는 아들의 죽음을 통해 익숙하고 친숙했던 세계의 균열과 윤리의 극단을 체험하게 된다.

소설 마지막에서 드러나듯이 '검은 새의 그림자', 청소년 상담자인 어머니는 상담사답지 못하다는 모욕은 주체의 외부에서 오는 것이기에 오히려 그것은 아무것도 아니다. 더 심각한 것은 주체의 내부에서 자생하는 두려움이다. 아들을 보호하지 못했다는 자괴감이나 죄의식은 더욱 심각하게 자신을 짓누를 것이다. 이런 자괴감과 죄의식의 폭력성은 윤리를 윤리로 환대할 수 없는 윤리적 폭력을 대변한다. 정당한 모성을 부당한 모성으로 왜곡하고 있기 때문이다. 그녀를 비판하기는 쉽다. 그러나 그런 비판이 그러한 사고를 막기는 어렵다. 이런 슬픔과 절망을 자신에 대한 분노와 분리하려는 힘겹고도 처절한 자기용서의 윤리적 결단이 필요한 소설이다.

106호의 축복

「온누리에 축복을」은 화자가 신생아실 간호사다. 생물학적으로 취약한 불가피한 인간의 한계로 취약한 삶의 구간을 안전하게 지내기 위해 우리는 타인의 힘에 의지해야 한다. 이 같은 인간의 취약성과 의존성에 대한 응답이 돌봄이다. 아이를 돌보는 엄마가 돌봄의 대표적인 이미지다.

소설은 산모들의 천태만상과 아이들의 태명을 통해 요즘의 산모와 신생아의 상황을 적나라하게 서술한다.

소설은 중간중간 간호사만이 느낄 수 있는 문장들이 튀어나온다.

"월초에는 아기들이 없어서 강제로 오프를 받았다. 아기가 딱딱 맞춰서 나오는 게 아니라 이런 상황이 생긴다."

"신생아실의 인계 내용은 다음과 같다. 쌍둥이 잘 챙겨 먹일 것, 도담이는 황달이 심해 소아과 진료를 다녀왔으니 모유를 당분간 중단하고 분유를 먹여달라고 했다. 개똥이는 오후에 소아과 진료를 나갔고, 축복이는 여전히 밤낮 없이 보챈다고 했다. 5월이는 체중 5.5킬로그램이 넘었다. 계속 칭얼대는 축복이 관리가 쉽지 않다. 제대가 떨어진 신생아와 제대의 관리여부."

태명에 대한 나열도 진행된다. "우리 애들 키울 때는 태명도 없었는데 정샘 늦둥이 낳을 때는 태명 있었나?" 아기 침대 머리맡에 붙여놓은 네임 카드에 적힌 태명은 제각각이다. 쑥쑥이, 열무, 사랑이, 만복이, 튼튼이, 우탄이, 도담이, 오월이, 씩씩이, 개똥이. 몇 번 유산을 한 산모가 열 달 동안 무사하기를 빌면서 지었다는 '열무'는 엄마의 간절함이 담긴 태명이다. 우탄이는 정말 귀여운 원숭이를 닮아서 부모가 선견지명이 있었다고 한마디씩 했다. "개똥이 엄마는 14년 만에 낳은 애라면서요. 습관성 유산으로 상처를 너무 많이 받아서 임신 포기하고 부부 사이도 안 좋아 이혼 생각하고 있었는데 개똥이가 생긴 거래요. 누가 또 시샘해서 데려갈까 봐 막 크라고 개똥이라 지었대요." 제각각의 태명에는 사연도 각각이다.

산모들의 모양도 천태만상이다. 열무 엄마는 모유 먹이고 싶은데 아기가 잘 빨지 않는다고 수유할 때마다 눈물 바람이다. 배가 고픈 열무는 빨기 힘든 젖꼭지를 대기만 해도 도리질하며 울어댄다. 분유를 조금 타서 산모에게 건넸다. 배가 고프면 수유하기 더 힘드니 일단 좀 먹이고 모유를 먹여보라고. 자지러지게 울던 열무는 분유를 꿀떡꿀떡 넘겼다. 수유가 어려운 경우 간호사는 팁을 알려주기도 한다. 오로지 아기한테만 매달리는 산모가 있는가 하면 아기는 뒷전이고 자기 몸 챙기는 것만 신경 쓰는 산모도 있다. 오월이 엄마는 벌써 세 번째 기저귀 갈아달라고 아기를 데리고 왔다. "지난번에 어떤 산모가 기저귀 갈아달라 했더니 선생님들이 싫어한다고 실장한테 일러바쳤잖여.

그런 말 다시 들리면 우리한테 시말서 받겠다고 실장이 협박했어요. 조심해야 혀." 지난해 제대가 없어진 걸 빌미로 조리원비와 손해배상비까지 한몫 챙기려 했던 산모가 있었다. 산모는 정신적인 피해를 들먹이며 트집을 잡다가 기어이 분유 한 박스를 챙겨갔다. 보호자로 와 있는 미정 엄마는 말끝마다 딸년이 아니라 웬수라고 푸념하고 있다.

의료현실에 대한 문제 제기도 이야기 중간에 튀어나온다. "요양병원의 숫자는 나날이 늘어나고 산후조리원은 하나둘 사라진다. 지난해부터 큰 산부인과 두 곳이 문을 닫았고, 조리원도 네 군데나 문을 닫았다. 최근에 베이비박스 앞에서 신생아가 숨지는 일도 있었고, 중고 물품 거래 앱에서 신생아 입양 글이 올라와 신생아 돌봄에 대한 문제점이 제기되었다. 출산율 감소의 심각성만 떠들어대고 미혼모나 한 부모 가정에 대한 지원과 보호는 제대로 이루어지지 않는 게 현실이다."

축복이 엄마 미정 산모는 "딸년이 글쎄 임신했대요. 미치고 팔짝 뛰겠어요. 아이고! 이 미친년이 배가 불러오는데도 모르고 속이 안 좋다 해서 내과에 데려갔더니 산부인과로 가보래요. 6개월이 넘었대요. 몇 살이냐고요? 고등학생이에요. 혼자 뼈 빠지게 키워났더니 이렇게 뒤통수를 치네요. 속에 불덩이가 들어있는 거 같아 환장하겠어요." 미정이 채팅방에서 만난 남자가 서른이 훌쩍 넘은 유부남이란 걸 알게 된 것도 임신한 것 때문에 알았다고 울분을 토했다. 미정산모는 아이를 키울 수 없어 보육원으로 보내려 한다. 유부남의 아내가 아이를 데리러 왔다. 축복이라는 아기 태명도 간호사가 명명했다. "축복이라는 태명을 안겨준 이샘의 선견지명이 감탄스러울 지경이었다. 과연, 축복이었다."

돌봄 행위는 개인이 처한 상황과 처지에 따라 달라지는 요구 사항이 더 중요하기에 평등보다는 차이의 측면에서 접근해야 하는 윤리이다. 평등이 불평등이 되고 불평등이 평등이 되는, 즉 평등의 개념이 오히려 심각한 부정의를 초래할 수 있다는 역설을 수용해야 하는 것이다. 이런 맥락에서 「온누리에 축복을」에서의 돌봄 윤리는 일방적이고 고정된 실체가 아니라 관계적이고 유동적인 구성물로서의 돌봄 개념을 제시하고 있다는 측면에서 주목해야 할 소설이다. 그러나 미정산모의 경우 자기 돌봄에 대한 선택이 돌봄 윤리를 퇴행시키는 위험한 논리임을 열린 결말로 제시한다. 돌봄에 대한 의무가 돌봄 받지 않을 권리보다 우선해야 하는 것처럼, 취약한 돌봄 상태라 할지라도 취약함이 돌봄을 포기하는 폭력으로 나아가서는 안 된다는 것을 알려 주기 때문이다. 내가 돌봄을 받아야 할 주체라면 자신 또한 돌봄 윤리를 실천해야 하는 가치 있는 주체가 되어야 한다는 사실을 보여주는 것이다.

「온누리에 축복을」은 열린 결말을 통해 돌봄 윤리에서 스스로 찾아야 할 자기 돌봄 윤리의 확장성을 제시하고 있다. 자기 돌봄은 이기주의나 개인주의를 의미하는 것이 아니다. 오히려 돌봄 윤리로 인해 고통이나 상처를 받는 자가 의외로 돌봄 제공자인 여성이라는 것, 때문에 그런 고통과 상처에 대한 윤리적 자의식을 갖고 문제를 해결해 나가야 하는 타자적 주체 또한 여성이라는 것, 이를 위해 돌봄 제공자 또한 돌봄 의존자로 인정해야 한다는 것 등이 바로 자기 돌봄의 윤리이다. 자신이 의무를 느껴야 할 대상에 다른 사람들뿐만 아니라 자기 자신도 포함된다는 것을 의식하면서, 이기심과 책임감의 갈등은 사라지게 된다는 점이 중요하다.

무엇보다도 이런 자기 돌봄의 윤리를 통해 새롭게 부각

되기 시작한 여성 윤리 자체가 여성들 스스로를 유기하거나 착취하는 부정적 윤리가 아니라, 자기 자신을 책임지기 위해 스스로 선택하는 긍정적 윤리라는 사실을 부각할 수 있다. 자기 자신 역시 돌봄의 대상으로 포함시킴으로써 스스로를 보호할 수 있다면, 돌봄 윤리가 지니는 한계를 적극적으로 보완할 수 있기 때문이다.

107호의 환절기

「환절기」는 동네의원 주사실 간호사의 이야기다. 남편의 폭력, 시어머니의 간섭, 적들에게 포위된 것처럼 위태로웠던 결혼 생활을 청산했다. 두 돌 된 아이는 아이가 없는 시누이가 데려다 키운다. 이 소설은 의존의 정당성이 모성적 사유를 통해 자기 돌봄의 윤리로 치환되는 연결 고리를 발견할 수 있다. 가족 단위에서 일어나는 어머니들의 돌봄 행위가 지니는 무조건성을 통해 의존의 정당성을 가시화하고 있기 때문이다. 그럼에도 어머니의 어머니됨을 박탈하려고 할 때 오히려 돌봄의 여성 윤리는 훼손되고 왜곡되며 이데올로기화될 수 있음을 강변하고 있다.

모성적 돌봄 행위 자체가 여성의 자아 정체성을 가로막는 것이 아니다. 즉 모성적 윤리는 어머니들에게 자아 정체성을 형성하는 자기 돌봄 행위일 수 있다. 때문에 오히려 모성의 긍정적 가치를 적극적으로 인정하는 것이 자기 돌봄의 긍정성을 촉진시켜 준다. 모성이 되지 않을 권리가 있는 것처럼, 모성이 될 자유 또한 있다는 것, 거기서 모성의 자기 돌봄의 윤리가 정당화될 수 있다는 것, 이런 모성의 진화를 비주체적이라고 억압하는 것 자체가 이 소설이 전하는 자기 돌봄의 윤리이다. 모든 모성이 아니라 부정적 모성만을 문제 삼아야 한다면 더욱 그렇다.

그녀는 좁은 공간에 갇히는 꿈을 자주 꾸었다. 폐소공포증이 생겼는지 문이 꽉 닫혀있으면 불안하다. 위경련 때문에 죽을 고생을 했다. 계속 되풀이됐다. 통장 잔고는 몇 달째 바닥이고 월급은 들어오기 무섭게 흔적도 없이 사라진다.

그녀는 미래가 그려지지 않는다. 이런 그녀에 대한 삶의 묘사는 모성의 기능이나 활동을 하기에는 문제라는 것이다. 더욱이 병원 간호사인데 "짜증스러운 환자들을 연민의 마음으로 대하는 게 가능한지 궁금하다." "그녀는 상처받지 않으려고 환자들한테도 날을 세우고 대할 때가 많다."
"전화벨이 요란하게 울리는데 받지 않는다. 병원 문 닫는
시간을 묻거나 가고 있으니 기다려 달라는 전화인 경우가
많다. 금방 온다는 환자를 기다리다 보면 퇴근 시간이 속
절없이 늦어진다." "원장이 그녀를 불러 환자들에게 좀 친
절하게 하라고 일장 연설을 늘어놓는다." 등의 행위는 돌
봄 행위를 모욕하고 무시하는 모습이다. 이러한 그녀의 모
습은 돌봄을 실천하는 체제의 항거하는 것 같지만 역진화
를 통해 자기 돌봄의 윤리를 실천하는 것이다. 자기 돌봄
의 정당성을 인정받기 위해 자기 해체를 감행한 것이다.

희생이 희생으로 대접받지 못하는 데서 오는 경제적 소
외에 대해 그녀는 스스로 강하게 저항하는 것이다. "두 돌
무렵 집을 나왔는데 아이는 어느새 훌쩍 커버렸다. 아이가
없는 시누이가 데려가 키운다고 했다. 아빠 엄마 밑에서
자라는 것보다 아이를 몹시 기다리던 시누이와 함께 사는
게 더 낫다고 애써 위안한다." 점점 스스로의 양심이나 경
험에 의거한 자기 서사를 중심으로 돌봄 윤리를 판단하는
단계로 나아간다. 이 소설은 자기 돌봄을 위해 자기 서사
에 몰두한다. 강요가 아닌 선택, 정답이 아닌 질문의 차원

에서 돌봄 윤리를 문제 삼는다는 의미이기도 하다.

그녀의 항변은 곧 자기 자신에 대한 반성과 각오이기도 하다. 대상포진에 걸리고 얌전이 할머니의 "그림자처럼 쓸쓸하게 살다 간 할머니의 인생이 그녀의 미래 모습일지도 모른다는 생각이 든다."라는 고백이 이런 변화를 증명해 준다. 또한 이런 자기 서사의 과정을 통해 아이의 돌봄 가족의 주체자임을 드러내고 있음도 볼 수 있다. 자기 자신을 설명한다는 것은 책임지는 것을 의미하기도 한다. 그러한 자신이 불완전성과 불투명성을 지닌 취약한 존재로도 충분하게 가치가 있는 돌봄 의존자임을 드러내어야 한다는 것이 바로 자기 돌봄의 서사가 진정으로 추구하는 윤리적 저항일 것이다.

간호에서 돌봄의 윤리는 자기 삶의 실존을 위협받는 취약한 상황에 처한 환자에 대한 서사적 이해를 전제로 하며 상호성과 보호의 윤리적 차원을 지닌다. 상호성의 윤리는 간호사와 환자가 좋은 삶을 향해 서로 영향을 주며 윤리적 이야기를 만들어 나가는 관계 속에서 실행된다. 돌봄의 윤리는 인격의 존엄성이 위협받는 곤경에 응답하고 환자의 자기 정체성을 보호해야 하며, 특히 간호사는 환자를 위한 실존적 옹호를 해야 한다. 때로 간호행위자들은 돌봄의 윤리를 실천할 수 없는 어려운 상황에 대해 윤리적 고뇌를 경험하고 있다. 간호사는 사회적 책임에 따른 오로지 헌신과 희생만을 요구받는 '천사'나 '영웅'이 아니다.

돌봄 윤리의 위험성을 극복할 수 있는 해결책이 바로 자기 돌봄의 윤리이다. 돌봄 윤리 자체가 일방적이고 이타적인 상실이 아니라 관계적이고 자기 보존적인 선택에 토대를 둔다는 측면을 부각할 수 있기 때문이다. 기존의 돌봄 윤리에 관한 논의들이 돌봄 제공자의 행위에만 초점을 맞춤으로써 돌봄 제공자 또한 돌봄을 받아야 할 돌봄 배려 의존자라는 점을 간과했다는 반성의 표출이다.

돌봄 행위에서 그 누구도 예외가 될 수 없기에 '돌봄 제공자-돌봄 의존자'의 상호 작용 아래에서 돌봄의 취약성과 의존성을 인정할 때만이, 그리고 그런 돌봄의 한계를 자기 돌봄의 행위로 극복할 때만이 진정한 돌봄 윤리가 성립될 수 있음을 강조하는 것이다. 『일곱 개 병실이 있는 집』을 통해 돌봄 윤리에서조차 제외되었던 타자의 목소리에도 귀를 기울일 수 있게 된다.

일곱 개 병실이 있는 집

초판 1쇄 인쇄 2024년 11월 17일
초판 1쇄 발행 2024년 11월 20일

저 자 최영희
발행인 박지연
발행처 도서출판 도화
등 록 2013년 11월 19일 제2013-000124호
주 소 서울시 송파구 중대로34길 9-3
전 화 02) 3012-1030
팩 스 02) 3012-1031
전자우편 dohwa1030@daum.net
인 쇄 유진보라

ISBN 979-11-92828-67-1 *03810
정가 17,000원

도화道化, fool는

고정적인 질서에 대한 익살맞은 비판자,
고정화된 사고의 틀을 해체한다는 뜻입니다.